www.tredition.de

AF185085

Heike Langschuh

Apfelfondue

www.tredition.de

© 2020 Heike Langschuh

Verlag & Druck: tredition GmbH, Halenreie 40-44, 22359 Hamburg

ISBN
Paperback: 978-3-7482-9731-4
Hardcover: 978-3-7482-9732-1
e-Book: 978-3-7482-9733-8

Ich nehme dich nochmal mit durch ein Jahr in meinem Leben. Gute zwei Monate hab ich nichts gemacht. Arbeiten, schwitzen, Hausaufgaben mit dem Kurzen, der inzwischen schon ein Langer geworden ist... Ich hatte keinen Bock zu schreiben. Es war viel zu heiß!

Du meinst zu wissen, wer ich bin? Vergiss es! Kennen wirst du mich nie! Ich bin ja manchmal noch selbst überrascht, wie ich bin.

Mein Leben ist immer noch nicht aufregend! Ich kaue auch immer noch an meinem Trauma!

Verändert hat sich an meinem Zustand nichts! Immer noch kaputt! Immer noch Grütze im Hirn! Tschaka – Ole! Was weh tut lebt! Ich teile mit dir! Dann wird es für mich erträglicher...

Ich hab für mich beschlossen, mich wieder mehr mit meiner Umwelt und den Leuten zu befassen! Das ist viel lustiger! Und es gibt so viele Gelegenheiten... Die Dorfkollegen animieren mich auch... Die sind schon bisschen neugierig!

Aber, vielleicht wird unser kleines Dorf so mal irgendwann berühmt...

Wozu brauchen wir Hollywood? Wir können das selber... Hauptdarsteller haben wir genug.

***

Oktober 2018

Es ist Herbst geworden. Endlich ist es nicht mehr so heiß! Man kann draußen wieder atmen. Nachts kann man schlafen. Es war dieses Jahr so unglaublich lange Sommer! Unglaublich heiß! Kein Regen! Wochenlang… Trocken ist es immer noch! Wir stecken mitten im Klimawandel!

Wir brauchen eine Erinnerung für später! Damals… Weißt du noch? Die Sache mit dem Foto, bevor wir hier die Wüste haben, machen wir! Das ist sicher! Wenn wir den ersten Schnee bekommen mache ich die ersten Bilder! Die nächsten im Frühling, im Sommer und dann wieder Im Herbst. Dieses Jahr lohnt es sich nicht mehr damit anzufangen! Unsere Wiese ist total stumpf! Alles verdorrt und braun! Sieht überhaupt nicht schön aus! Eine hässliche Baustelle haben wir hier auch noch… Daran will sich keiner erinnern!

Die Herbstfarben sind schön. Büsche und Bäume leuchten in der Sonne in allen Farb-Nuancen. Das kriegste so, mit dem Pinsel oder als Geschichte nicht hin… Du kannst, glaub ich, sogar die Temperatur mit einem Foto einfangen. Abends wird es ja doch schon ziemlich schnell kühl.

Wir sitzen dann im Garten gerne an unserem Feuerchen. Das ist total entspannend. Und romantisch, wenn die kleinen Funken aufsteigen… Es duftet nach dem glühenden Holz.

Wir haben ein schönes großes Vorrats-Lager! Das reicht eine Weile!

Es wird auch schon ziemlich schnell dunkel. Dann

leuchten die Sterne aus dem klaren Himmel... Das Knistern dazu... Das ist total schön!

Ok. Viel Zeit zum draußen sitzen hab ich nicht. Job, Familie, Haushalt... Kennste ja selber! Die Farben faszinieren mich trotzdem! Find ich schön!

Mein Leben ist nicht wirklich aufregend. Lustig wird es nur, wenn ich dann doch mal unter die Leute gehe! Am besten fremde...

***

Wir hatten wieder Stadtfest. Bei uns, in der Kleinstadt. Klar waren wir dabei! Aber dieses Jahr gibt es das kleine Riesenrad nicht. Das ist ein bisschen ärgerlich...

Wir haben rings rum Baustellen! Die Stadt hat nicht nur eine Hauptstraße. Nein, die hat auch drei Bundesstraßen... Und die Haupt-Verkehrs-Schlagader, durch die Stadtmitte, ist voll gesperrt! Seit Monaten... Dazu ist auch wegen dem Stadtfest die ganze Innenstadt abgesperrt! Es ist kaum ein Parkplatz frei und dann gibt es kein kleines Riesenrad...! Dafür steht ein neues Karussell auf dem großen Parkplatz, wo ich immer parke! Ich bringe den Kurzen früh zur Schule und wenn ich kann, hole ich ihn mittags auch wieder ab. Ich mag Karussell nicht! Meine Männer haben sich gleich stark gefühlt! Das ist so krass! Mir wird ja vom Zugucken schon schlecht! Mein Mann hat trotzdem Coins geholt, mich eingeklemmt und da drauf geschleift! Der Kurze hat die große Gusche, was ich für eine Lusche bin... Ich werde die eine Runde schon überleben... Der ist so rotzfrech! Ich hab nach dem Typen gebrüllt, der die Chips wieder eingesammelt hat! Der läuft kurz durch und grinst sich einen! Dem scheinen Gesichtsausdrücke, wie meiner, nicht unbekannt zu sein! „He, Alter!! Lass mich hier raus! An dem Sofa fehlt `ne Schraube!!" Nee, das wollte der nicht hören... Dann ging es los! Eine Runde, noch `ne Runde, noch `ne Runde... Das wird immer schneller, höher und verrückter... Ich hab nach `nem Eimer gerufen! „Nee, haben wir nicht..." Alter! Ist mir schlecht!! Gott sei Dank ist der Spuk nach ein paar Minuten vorbei! Ich kann mich kaum halten... War trotzdem fix runter von dem Bock... Im raushuschen hab ich schnell noch in die Leitstelle gegiftet: „Ich hasse euch!" Was es da zu lachen gibt versteh ich nicht! Muss ich auch nicht!

Das nächste Mal würfel ich euch in die Bude! Habt ihr auch was davon!!

Die verrückte Schaukel ist da. Die steht aber dieses Jahr vor dem kleinen Einkaufsladen. Haben meine Helden direkt geortet...

Die Fahrkarten hat mein Mann in der Hand. Ich war noch mit einem Kumpel am quatschen...

„Auf geht`s! Keine Ausreden! Das kennste doch..." Boah! Ich komm mir vor wie besoffen! Dabei hab ich noch gar nichts bekommen... Aber danach! Quasi als Belohnung!

Viele Leute sind da. Fremde... Sind auch viele da,

die ich kenne. Kann quasi überall ein bisschen quatschen.

Wenn wir so rumlaufen hab ich manchmal das Gefühl, mir wächst ein Apfel am Kopf! An jeder Ecke grinst mich irgendwer an... Ich kenne diese Leute gar nicht! Merkwürdig! Ist mir aber relativ egal! Ist ja mein Apfel...

***

He, glaubst du`s? Ich hab zwei neue Kollegen ans Band bekommen! Das ist so krass!
Der erste kam vorigen Monat. Ein studierter Sportlehrer! Der wackelt lieber bei uns, als die ungezogenen, rotzfrechen Plagen fremder Leute zu unterrichten! Der kommt aus Südamerika, spricht aber ganz ordentlich deutsch... Nee, der ist keiner von den neuen Migranten! Der hat hier studiert und geheiratet. Hat seine Familie hier gegründet... Genau so, wie wir es auch machen!
Natürlich haben wir ihn ausgehorcht! Hallo! Wir sind neugierig. Der hat uns auch ein paar Geschichten erzählt. Und der ist höflich!!
Toll! Jetzt haben wir unseren eigenen ganz persönlichen Sportlehrer. Ganz für uns alleine! Also, jetzt muss ich quasi nicht mehr in einen Verein eintreten, wenn ich Sport machen „will"! Haha...
Meine erste Reaktion auf den Typen kannste dir

sicher vorstellen? Ich guck den so an, höre den Geschichten zu und sage, so wie ich halt bin: „Du wirst nicht mein Freund! Nie! Ich kann Sport nicht leiden! Haste Pech!" Aber, ich glaube, der hat mich nicht verstanden! Der ist immer noch nett! Den zweiten Neuen haben wir diesen Monat bekommen. Ich meine, jetzt, im Oktober... Mich schüttelt`s gleich wieder durch!

Wir hatten Frühschicht. Klar, ich bin beizeiten da! Käffchen läuft durch, ich bereite mich vor... Die ersten Kollegen treffen ein... Es ist relativ ruhig. Wir sind ja noch müde!

Dann kommt der Neue. Platziert sich am Tisch gegenüber. Meine Augen sind noch fast blind, so früh am Tag... Und dann, zack, mit einem Schlag - hellwach! „Wer bist du denn? Dich hab ich ja noch nie gesehen!" Der Typ ist noch klein, quasi ein ganz junger...

Spricht der: „Hi! Ich bin Robert. Und wer bist du? Dich hab ich auch noch nicht gesehen!"

Ist klar! Ich hatte erst lange frei und danach Sport-Urlaub! Montags!

„Na du bist ja niedlich! Ich bin Heike, dein Springer. Wenn`s bei dir gut läuft, bekommst du von mir eine Pause..."

Ich glaube, der hatte ein Fragezeichen im Kopf! Egal! Ist immer noch mein Apfel! Im Raucherquarium hab ich ihn dann gelöchert! Ich muss doch wissen, mit wem ich es zu tun habe! Mädels! Der Kleine ist Physioman! Jetzt haben wir auch noch unseren eigenen Therapeuten!! Ich geh kaputt!!

Hoffentlich dürfen wir ihn eine Weile behalten! Dann können wir uns quasi den Arzt sparen! Haben ja alles direkt am Band! Dann kann man unsere Abteilung „Spa -Bereich" taufen!

***

Die freien Tage in der Frühschicht sind manchmal ein bisschen doof! Rocco fragte mich neulich, ob er sein „Frei" gegen meins tauschen darf. Er hatte nur den einzelnen Freitag und ich Mittwoch und Donnerstag! Verschiedene Schicht-Gruppen…
„Lass mich mal kurz darüber nachdenken! (?) Ok! Machen wir!"
„Schön! Dann kommst du für mich arbeiten und hast nur kurz am Freitag frei!"
„Ja! Ok! Alles klar! Und du fährst morgen mit meiner Mutter in die Stadt! Die weiß, dass ich frei hab! Die muss einkaufen! Wir haben keinen Laden im Dorf!"
„Ok, mach ich! Alles klar, kein Problem!"
„Hmm, übermorgen musst du mit dem Kurzen noch ein paar Hausaufgaben machen!"
„Kein Problem, das kriege ich hin!"
„Hmm, dann ist da noch was!"
„Was denn?"
„Mein Mann weiß auch, dass ich zwei Tage frei hab! Der hätte da auch noch ein paar Bedürfnisse…"

„Oh! Ääh! Moment! Ich glaube… Der Freitag reicht mir so! Wir tauschen doch nicht!"

„Warum denn das jetzt auf einmal? Verstehe ich nicht! Gerade eben haben wir einen Plan gemacht… und jetzt schmeißt du alles wieder um!"

„Naja, weißt du… Ich hab Kopfkino! Ich will das nicht…"

„Versteh ich nicht! Echt? Schade!" (Ich hau mich weg…)

***

Dieses Jahr hab ich das Schlachtfest nicht verpennt! Ich hatte frei, konnte quasi ausschlafen… Das war wieder total schön! Und jedes Mal gibt`s so lecker Futter… Wir haben mit einer Schlachte-Platte angefangen! Da ist von allem etwas drauf! Herrlich! Die Wurstsuppe… Ein bisschen frisches Brot dazu, dass es leichter rutscht… Ich platze gleich! Ich bin so satt! Aber 2, 3 Bierchen gehen noch… Eine große Tüte haben wir uns packen lassen, für zu Hause! Wir haben ja zu Hause auch Hunger. Dieses Jahr waren ein paar von den Mädels da, die nicht mehr so gut zu Fuß sind. Sina hat sie abgeholt, mit dem Auto… Man, sind die alt geworden… Bzw. hab ich die lange nicht gesehen… Wir haben ziemlich lange ausgehalten, dieses Jahr… Es gab auch ziemlich viel zu quatschen!

Den Jäger hab ich vermisst! Hat der immer noch

Angst, dass ich ihn werfen will? Das schaffe ich eh nie! Die Vorfreude auf unseren nächsten Dorf-Ausflug geht auch schon durch die Menge... Dieses Jahr fahren wir nach Zwickau auf den Weihnachtsmarkt! Vor zwei Wochen haben wir die Fahrkarten gelöst! Im ostdeutschen Bergland ist da noch richtig romantischer Markt! So, wie man es erwartet! Da freu ich mich drauf! Vielleicht treff ich ja einen ehemaligen Kollegen. Der wohnt da! Der ist im Spätsommer bei uns ausgestiegen, arbeitet jetzt in seiner Heimat, in der Nähe von seiner Familie... Doch, wenn die Dorf-Pomeranzen ins Quatschen kommen ist alles Thema!

Für mich ist es immer ein bisschen schwierig, wenn Kollegen weggehen! Der Wechsel geht immer so schnell! Unser Therapeut ist auch nur den einen Monat da gewesen! Schade. Der hat meinen Optimismus wieder gut aktiviert. Der war total positiv eingestellt. Aber, dass ist eben Leiharbeit! Jetzt muss ich wieder alles alleine machen...

***

Der Kurze ist jetzt so weit, dass er sich über einen Beruf Gedanken machen muss. In der Schule lernt er schon mal Bewerbungen zu schreiben und so... Jetzt hat er sein erstes Schülerpraktikum! War gar nicht so einfach etwas Geeignetes zu finden... Der ist eben etwas „anders"!

Aber lieb! Der macht, was er gesagt kriegt… Wir haben in der Kleinstadt etwas „Erreichbares" gefunden. Den Stadt-Friedhof.

Ist auch gleich praktisch für mich… Lieblingsplatz aussuchen, Probeliegen und so…

Er wird sich da für 2 Wochen einen Einblick verschaffen.

Schnuppertage in anderen Betrieben gab es auch schon mal. Hab Ihn bei den Schlossern und Elektrikern gucken lassen. Aber, nur auf Baustellen unterwegs und Kundenkontakt ist nicht so seins! Der ist eher ein Naturmensch! Maschinenlärm ist auf dem Friedhof auch nicht sooft. Ist schon ok!

Der hat sich richtig rein gehangen! Laub fegen, Büsche entasten und aufräumen… Am besten fand er aber, dass es Eichhörnchen gab! Die sind so putzig! Da kann man Stunden verbringen, mit beobachten… Er hatte auch Glück mit dem Wetter! Der November ist ja eigentlich immer ekelhaft! Dieses Jahr waren die ersten drei Wochen schön! Es gab nur einen grau-neblig, verregneten Tag! Er hat sogar, fast freiwillig, seine Hausaufgabe zum Praktikum gemacht! Er musste einen Hefter anlegen und Protokoll führen, für jeden Tag! War für ihn ziemlich viel Schreibkram! Hat er aber gemacht!

***

Hab mit meinen Lieblingskollegen ein Date ausgemacht! Wir treffen uns dieses Jahr im November, Gott sei Dank, wieder in Leipzig! Das finden wir...
Wir waren in einem Glas-Bier-Laden, wo vorne dran ein Hotel ist!
Ok! Eine kleine Ehrenrunde haben wir gedreht! Das gehört dazu! Euro-Eddie ist zu klein! Haben wir nicht gesehen!
Es war auch ein grauer, verregneter Tag! Es wurde zeitig dunkel! War ja schon nach 17 Uhr! Finster wie im Bärenarsch...
Aber, in Leipzig kannste im Karree fahren! Die alten Stadtplaner haben mich quasi damals schon erwartet! Da drehste eben mal eine kleine Runde und dann geht das wieder!
Mann, haben wir uns lange nicht gesehen! Unser Kalle hat endlich geheiratet. Der hat ein bisschen zugelegt. Die Hose spannt. Der Stall stand offen...
Der kam vom Thron! Natürlich gucken wir da hin! Hallo!! Wir haben es alle gesehen! Die Mädels vom Kollegen sind beide groß geworden! Richtige Damen! Die Kinder vom anderen Kollegen sind schon am studieren... Die kommen nicht mehr immer mit! Haben keine Zeit... Alter!
Unser Käse war so voll Kümmel... Wir haben bestimmt eine halbe Stunde erst mal nur gequatscht...
Der Kellner stand, glaube ich, schon zweimal am Tisch, bevor wir die erste Bestellung machen konnten! Die Speisekarte sieht interessant aus! Für mich gab es toten Fisch! Gegrillt! Der war gut! Dem Kurzen ist es zu aufregend. Hab für ihn Schnitzel be-

stellt... Das hat gerade so auf den großen Teller gepasst! Ein paar Desserts sollten das Menü abrunden. Schweden-Eisbecher. Die haben sie auch aus Schweden kommen lassen... Vielleicht ist es auch nur im Chaos durchgerutscht... Das hat fast eine Stunde gedauert! Da wäre schon wieder Platz für ein Hauptgericht gewesen!

Gefeiert haben wir, als es ans Bezahlen ging! Alle haben bezahlt! Der Typ war so langsam... Ich hab derweil unterm Tisch, im Rucksack, meine Kohle sortiert... Sollte ja passen! Paar Mark Trinkgeld dazu... Komme wieder hoch und der Kellner war weg... Hab ich gefeiert!!! Die Kollegen hatten das gleich mitgeschnitten... Hallali... Freude...

Aber, ohne zu bezahlen sind wir nicht raus! Sowas macht man nicht! Wir haben eine viertel Stunde gerufen und gewunken! Dann durfte ich meine Asche an den Mann bringen!

Draußen haben wir noch beschlossen, dass wir das nächste Treffen im Bootshaus machen wollen! Schön mit grillen und übernachten... Nächstes Jahr, im Sommer oder so! Wir gucken uns da noch einen Termin aus! War heute nur ein grober Plan. Muss ja mit freien Tagen oder Urlaub passen!

***

Kinderheimzeit ist inzwischen auch! Der Termin steht schon länger fest. Der letzte Donnerstag im November. Wir verabschieden den Herbst mit einem Lampion-Umzug, mit Musik! Das ist der Plan. Unsere Sammlung hat sich auch gelohnt! Dieses Jahr bekam ich dabei sogar Unterstützung. Ein Meister aus unserer Abteilung, aus der anderen Schicht, hatte auch ein Sparschwein.

Meine Kollegen helfen wieder mit. Vor vier Wochen hab ich die Laternen, die Stäbe dazu und die Batterien besorgt und abgegeben... Die großen Jungs von Gruppe zwei sollten alles auszuprobieren, dass auch alles funktioniert!

Der Ron bringt seine Mutsch und den Jimmy mit. Mona ist dabei und unser Jan...

Zum Abendessen gibt es keine Bratwurst. Wir haben bei den Burger-Mädels bestellt. Das bekommen die Kleinen auch nicht sooft...

Wir treffen uns gegen halb 5 direkt vorm Heim. Es soll ja auch ein bisschen dunkel sein, dass die Lampions richtig zur Geltung kommen. Die Aufregung ist schon draußen, vor der Tür, zu spüren. Die letzten Kinder werden gerade von der Kita gebracht. Oben klopfen einige am Fenster, drücken sich die Nasen platt und freuen sich.

Yeah! Der Jimmy hat eine Gitarre dabei. Der ist unser Held.

Und dann geht es auch schon los!

Ich mache mich direkt in die Spur, zum Burger-Laden. Vor ein paar Tagen hab ich da bestellt... Es wird alles frisch zubereitet! Und warm soll es auch noch sein, wenn es bei den Kindern ankommt! Das dauert ein paar Minuten...

Der Chef steht persönlich in der Küche! Guckt der

mich so an und fragt, ob ich noch jemanden dabei hätte! Hallo?

„Ich bin nie alleine! Aber zum Einladen, ins Auto, sollte doch schon einer mit anfassen…" Ist ja auch ziemlich viel! Er fragt, ob ich ein paar Kisten oder Körbe dabei hab?

„Nee! Ich fahr doch keinen Bus! Da musste dir schon mal zwei Gedanken machen…"

Er hat zwei riesen Kartons aus dem Lager geholt. Ein kleinerer ist für die Bücher… Dieses Mal ist gerade Bücher-Aktion! Ich hab einen großen Beutel dabei. Für die Burger, für die Erzieher! Das reicht gerade so aus…

Jetzt hab ich einen Lieferwagen…

Pünktlich, als die Kinder vom Umzug zurück waren, bin ich vorgefahren! Das hat gepasst! So hatte ich auch gleich genug Personal, um die Ladung in den geschmückten Gruppenraum zu bringen! Puh… Ich denke mal, die Kinder haben sich gefreut. Die sind so lieb. Die stehen im Flur und warten geduldig, bis sie alle rein dürfen. Das ist für mich wie früher, als Kind, bei der elterlichen Betriebs-Weihnachtsfeier. Es geht ziemlich geordnet zu. Kein Gedrängel oder Geschupse… Erst gab es ein Geburtstags-Lied, für die November- Geburtstags-Kinder. Die stehen auf den Stühlen und dürfen eine Wunderkerze schwenken. Das Licht im Raum wurde extra für diesen Effekt abgedunkelt. Der kleine Mo hat Angst davor! Der darf derweilen raus… Die Kleinen fühlen sich ganz groß. Das ist sooo schön.

Wir finden es doch erstaunlich, mit welcher Kleinigkeit ein Kind glücklich gemacht werden kann! Noch erstaunlicher finde ich, bei jedem Besuch, dass Eltern nicht mit ihren Kindern klar kommen... Mir läuft jedes Mal ein Schauer eiskalt den Rücken runter!

Dann wurde gegessen. Es hat für alle gereicht. Alle sind satt geworden... Zum Glück!! Zwischenzeitlich hat der Burger-Chef angerufen. Ich hab drei Burger nicht mitgenommen! Ich bin aber auch ein Honk! Naja! Muss ich eben auf dem Heimweg nochmal ranfahren... Verdammt...

Kurz nach 6 ist schon alles vorbei. Die Kinder haben feste Zeiten. Die halten sich da auch dran. Die sind so diszipliniert! Und die sind alle noch so klein... Mir blutet das Herz!

Wir haben den Verpackungsmüll gleich wieder mitgenommen! Wenn wir sonst schon nicht viel machen können... Die Leute im Heim haben genug Arbeit! Die müssen sich da nun nicht auch noch drum kümmern! Zwei große Kartons haben wir vollgepackt mit Müll! Einen hat sich Ron geschnappt! Den anderen hab ich in den Kofferraum gepackt. Den mache ich aber in den nächsten Tagen wieder voll! Mit Bastelsachen... Und Süßigkeiten... Ich seh die Kleinen so gerne! Und die sind sooo unglaublich lieb! Wer hat es mehr verdient?

***

Jetzt ist schon der erste Advent!

Dieses Jahr ist im Verein nicht Weihnachtsmarkt, sondern Weihnachts-Bäckerei! Das hatten wir noch nie! Wir sind ein bisschen zu spät gekommen. War alles schon gebacken – grins! Naja... Dann fang ich eben gleich mit essen an! Unser Dorf-Grillmeister hat draußen schon die guten Sachen auf dem Rost! Suppe gibt`s... Glühwein ist auch schon heiß! Ich denke, ich hab alles richtig gemacht! Geht los! Wir haben einen großen Fernseher im Vereinshaus. Der lief schon, weil heute noch Fußball kommt. Bis das losgeht hören wir Musik. Dann schmeckt es auch besser... Bzw. klingt besser als das Geschmatze der Tischnachbarn. Sind wieder jede Menge Leute da. Draußen steht das große Zelt auf dem Parkplätzchen. Wir haben eine Feuerschale. Die Feuerwehr heizt uns gut ein. Das ist schön warm. Alle Stehtische sind belegt. Das Zelt ist voll!! Meine Männer haben drinnen einen Platz für mich reserviert. Ich hab mich erst mal am Glühwein-Stand postiert... Dieses Jahr gibt es Glühwein in weiss! Ist der auch richtig durchgeglüht, wenn der nicht rot ist? Das hatte ich ja noch nie... Doch, schmeckt! Die Suppe ist lecker! Die Wurst sowieso und das Hack-Rib auch... Hier geht es mir gut. Die Dorf-Kollegen sind lustig und neugierig. Ich werde ständig gefragt, ob ich weiter schreibe. Ist aber auch ok! Dann hab ich halt einen Bildungsauftrag und muss nicht so viel reden. Und weil wir uns kennen, verstehen die auch alles... Ich liebe unseren Verein! Fußball versteh ich nicht. Das Spiel fängt an und mein Mann versucht mir schon wieder zu erklären, dass das Sport für Männer ist... Ich verstehe nicht, warum sich 20 erwachsene Männer, die genügend Kohle haben, um einen Ball zanken! Warum die sich streiten und die Köpfe einrennen, die Knochen zertreten und aufregen, wenn der gestreifte Mann Karten spielt!! Muss ich, glaube ich, auch nicht verstehen! Ich spiele da nicht mit! Einer hat ein Tor geschossen!!! Toll! Da freuen sich die Männer! (?) Der Kurze wollte dieses Jahr mal Glühwein ausprobieren. Bier schmeckt ihm nicht... Aber, den Glühwein mag er auch nicht... Super! Das sagt er mir jetzt, wo er kalt ist... Naja, egal! Trink ich eben noch eine Tasse Eiswein! Hab mich noch eine Weile draußen vorm Futterstand aufgebaut und gequatscht... Seh ich doch, wie meine Helden schon heim gehen! Man, solche Spaßbremsen! Es fängt gerade an, richtig lustig zu werden... Naja, dann geht schon mal! Ich komme nach! Später!

***

Ich hab diesen Montag, zur Spätschicht, mal Urlaub. So, für Sport... und sowas! Brauch ich zwar nicht wirklich, aber was soll`s...
Montag war wieder Weihnachts-Basar in unserer Schule. Da konnte ich dann hingehen. Der ist immer sehr quirlig und laut.
Der Kurze hat mich, vorne auf dem großen Park-

platz, einfach stehen lassen! „Ich geh Kräppelchen essen! Ich warte dort auf dich!" Dem ist das Durcheinander schon zu viel, bevor er es gesehen hat! Frau Hummel steht mit den Damen vom Förderverein direkt an der Eingangstür. Da gibt es Würstchen und Glühgetränke… Hmmm, das duftet! Selbstverständlich bleib ich da erst mal hängen! Deswegen bin ich ja hier!

Unsere Klasse hat wieder in der zweiten Etage aufgebaut. Seine Schulkollegen machen sich einen Haufen Arbeit nach dem Unterricht und der Kurze würdigt das noch nicht mal mit einem kleinen Blick! Ich hab mir aber wieder alles angesehen. Bin mit meiner Tasse die Treppe hoch… Ohne zu kleckern!

Oben, im Gang, haben die Kinder ihre Basteleien und Gebackenes angeboten. Ich guck mir erst mal alle Stände an und schlüpfe dann zu unseren Kindern in das Klassenzimmer rein. Die machen Tee! Super! Nach dem Wein muss ich ein bisschen nachverdünnen! Ich muss ja dann noch fahren! Jetzt wollte ich aber erst mal unsere Leute begrüßen und kurz sitzen… Mit ein paar Muttis quatschen… Bin dann nochmal raus, auf den Flur… Unsere Migranten-Kinder haben verschiedenes Heimat-Gebäck auf dem langen Tisch. Komisch. Ich dachte immer Plätzchen gibt es überall… Nee, die haben Kuchen gebacken. Alles in kleine Stückchen geschnitten, dass es wie Plätzchen wirkt! Egal!! Hab ordentlich zugeschlagen! Sah ja auch recht lecker aus!! Die Lehrerin von denen hat mir zwar erzählt, was das alles ist, was da drin ist und von wo das herkommt…

Hab ich aber schon beim Auswählen alles wieder vergessen! Das muss ich also probieren!

Unsere Kinder haben auch schöne Dinge aufgebaut. Die haben Teelicht-Gläser und Teelicht-Ständer gebastelt. Kleine Schatzkästchen und Klammer-Engel... Hab auch was gekauft. Das bekommt der Kurze dieses Jahr zu Weihnachten! Quasi als Strafe, weil er mich alleine gelassen hat!

Ja, das muss sein! Ich schmeiß mich weg...

***

Ich hab noch zwei Tage Urlaub! Fange diese Woche erst am Donnerstag mit Spätschicht an. Mein Meister hat noch ein paar Tage gefunden! Ist auch mal ganz schön! Ich kann bis Mittag alleine zu Hause rum gammeln. Hab keine Termine...

Allerdings haben wir ab diesem Monat andere Arbeitszeiten!

Wir fangen mittags eher an und die Frühschicht ist kürzer. Das wird mir in zwei Wochen schwer fallen! Ich muss ja immer noch zum Sport! Bis jetzt hatte ich nach der Einheit noch Zeit meine Mutter heim zu bringen. Die geht einkaufen, wenn ich zur Bewegung bin! Nächstes Mal muss ich direkt los! Beim Sport ist es aber auch immer noch lustig! Hab den Trainer mit einem meiner Büchlein belastet. Der zitiert mich da manchmal... Unser Opi hatte schon wieder zwei Wochen Urlaub. Der war diese Woche wieder mal mit dabei. Man, kann der quatschen... Ist fast wie bei der Arbeit... Der ist aber auch lustig. Wenn der erzählt lachen wir uns immer schlapp. Der war dieses Mal auf Mauritius. Baden, in einer Lagune. Spricht der, das Wasser ist auf Fotos schön klar und blau... Aber, wenn man da drin steht ist es trübe. Man sieht die eigenen Füße nicht... Mein Kopfkino spielt mir dann immer einen Streich! Zeigt mir, warum die Brühe so anläuft... Der Opi erklärt es uns aber anders! Naja, egal!

***

Ich freu mich auf den Ausflug, jetzt am Wochenende! Zwickau! Endlich ist es soweit!

Wir fahren auch nicht sooo früh los. Da kann ich nach der Spätschicht ausschlafen... Dieses Jahr ist es aber aufregend!

Wir haben die Rucksäcke gepackt, den City-Ausgeh-Zwirn auf dem Arsch! Wir gehen, wie immer, zum Bäckerladen vor... Dort holen uns die Busse ab! Sind auch schon fast alle da. Der Kurze dreht, wie jedes Jahr, erst mal ab... Der sitzt dann ein paar Minuten im Pavillon und lässt sich betteln, mit zu kommen! Dieses Jahr will er aber gar nicht! Der Bus ist zum ersten Mal ein Doppeldecker! Damit hat er nicht gerechnet! Der Vati geht voraus und sichert für uns gute Plätze. Oben! Und der Kurze dreht völlig frei! Der sträubt sich, will überhaupt nicht mit! Das ärgert mich unglaublich... Der hat inzwischen so viel Kraft... Ich bekomme den Kerl nicht mehr bewegt! Meine Arme taugen quasi nur noch zum winken... Der Vati will ihn umstimmen! Der kam extra nochmal dazu und hat mich zum Bus geschickt! Aber der Kurze haut ab... Der Vati hinterher...

Alle warten jetzt nur noch auf meine Helden! Ich hab eine Nachricht bekommen... „Macht los! Das wird nichts mehr!" Wir fahren quasi ohne meine Familie... Ich, alleine mit den Dorf-Kollegen! Wir fahren wieder durch`s Nachbar-Dorf, an der Lagune entlang. Man, mein schöner Tagebau... Überall sind diese viereckigen neuen Häuser, am Wasser! Nur noch Wasser... Dann geht es zur Autobahn! Zur Neuen! Wir werden an die Welt angeschlossen! Wir müssen uns noch ein paar Jahre in Geduld üben und Staus ertragen, bis es endlich soweit ist! Wir bekommen so viele Anschlüsse... In zwei Richtungen, damit dich das Fahren auch richtig ankotzt... Quasi nach der Frühschicht noch eine halbe Stunde extra, nach Feierabend...

Aber, in Zwickau ist es schön. Da sind zwei Weihnachts-Märkte! Knuffig! Ein gewöhnlicher und ein altehrwürdiger. Nennt sich Schloss-Weihnachts-Markt! Ist mir relativ egal! Ich guck erst mal nach Glühwein und dann brauch ich neue Turnschuhe! Der Kurze ist mir zu Hause noch tierisch auf den Galoschen rumgelatscht... Die sind so dreckig! Ich brauch andere! Hab auch einen Laden gefunden. Hab die neuen Latschen direkt angezogen! Sage ich zu dem Verkäufer, er möge doch mal eben noch die

Klingelschilder abschneiden... Das kennste... Wenn du zur Tür rausgehst, dann klingelt`s... Aber, die hellste Kerze auf der Torte war der Typ auch nicht! Fragt der mich: „Wollen sie für die alten Turnschuhe eine Tüte?"

Ich rolle schon mit den Augen, weil der so langsam war! „Hallo? Die Tüte kostet extra und die alten Latschen sind dreckig und müffeln! Was stellst denn du mir für Fragen?"

Spricht der: „Soll ich die dann wegwerfen?"
Sag ich: „Na ich mach das nicht! Du hast wohl keinen Mülleimer? Ich nehme die auch nicht mit! Wir wollen nachher schick essen gehen!"

Er hat sich dann um die alten Treter kümmern müssen! Ich bin einfach gegangen! Hab ihm aber noch einen schönen Tag gewünscht!

Ich hab mir die vielen Büdchen angesehen, wenn ich schon mal da war! He, da ist ein Taschenverkauf! Klasse! Mein Rucksack ist vor ein paar Tagen geplatzt. Ich hab quasi immer den halben Haushalt dabei... Ich kauf mir noch einen neuen Rucksack!! Die Verkäuferin hatte an dem Tag gerade ihren 50sten Geburtstag... Hab ihr gratuliert und wollte ihr meinen alten eigentlich gleich schenken... Aber, den musste ich noch umpacken und dann hab ich es vergessen... Egal!

Es gab viele kleine Buden, mit Schnitzereien und Kerzen! Räuchermännchen gab es auch! Der Kumpel bei den Räuchermännchen hatte viel Spaß, seine Sachen anzubieten... Der hat ein Spektakel gemacht! „Schauen sie nur... Herr Fuchs und Frau Elster...

Wir haben auch rauchende Esel…" Guck ich den so an und sag: „Na und! Eine qualmende Hummel haste nicht!" Für einen Moment war er still! Dann fragt er: „Hast du schon mal eine qualmende Hummel gesehen?" „Ja! Aber nicht bei dir! Hast du schon mal einen qualmenden Frosch gesehen?" Wieder still, im Sortiment suchend… „Du hast aber auch gar nichts!"

Nach der ganzen Lauferei hab ich ein bisschen Hunger. Vom Quatschen war mir auch der Hals schon ganz trocken… Also, wieder an eine Futterkrippe… Glühwein, Würstchen… An einem der Stehtische haben sich Leute ausgebreitet… Ich schiebe mich dazwischen… „Und von wo kommt ihr so her?" Wir haben uns ganz nett unterhalten. Die waren aus Gera. Zwischenzeitlich fing es ein bisschen an zu regnen. Hab mir die Kapuze übergestülpt und was Trockenes gesucht… Eh! Ich hatte Kultur! Ich war im Schumann-Haus. Davor standen so kleine Glasvitrinen, da konnte man noch Grimms Märchen zuhören. Aber nach einer Stunde wurde mir langweilig… Ich hab mich einer Dom-Führung angeschlossen… He! Die sind zu zweit mit dem Führer gegangen! Das lohnt sich doch gar nicht! Wieder eine halbe Stunde Regenwetter überbrückt… Dann wollte ich aber wieder auf den Markt… Mein Plan war, meinen Männern etwas mitzubringen… Ein Seifenhändler hatte aufgebaut. Dort gab es selbst gemachte Seifen… Ist ja auch ganz praktisch! Wasser kam eh von oben, konnte ich mir gleich die Hände waschen…

In der Dunkelheit haben wir Dorf-Kollegen uns wieder versammelt... Wir wollten ja noch zu unserem Gasthof! Die haben schon auf uns gewartet. Dort essen wir immer am liebsten... Unser Bus stand auch für die Abfahrt bereit... Halb zehn war ich zu Hause. Ich war schon ein bisschen müde. Die Lauferei bin ich zwar gewohnt, aber die neuen Treter waren nicht so schön! Alles Plastik! Stand ein Markenname drauf und trotzdem nur Plastik! Wie die ollen Kunststoff-Galoschen, nach dem Krieg... Davon hat meine Oma immer erzählt. Damit konnte man satt Blödsinn machen... Der Pastor hat die wohl etliche Male aus der Kirche geschmissen...

Sonntag hab ich den Kurzen nur mal kurz angemeckert, dass ich nicht wieder alleine mitfahren will! Ich glaube, der hatte ein schlechtes Gewissen. Der ist sehr emotional...

***

Frühschicht-Montag heißt auch Urlaub für Sport. Dieses Mal trainieren wir unsere Gesichtsmuskeln! Muss auch gemacht werden! Der Trainer hat Käffchen gekocht und Stollen mitgebracht. Eine Sportkollegin hat Plätzchen gebacken... Wir haben es schön gemütlich, im Pausenraum. War, glaube ich, alles extra für uns vorbereitet... Wir haben die ganze Einheit lang den Kümmel aus dem Käse gequarkt! Die Leute sind echt toll. Wir sind uns inzwischen auch schon fast vertraut. Können über fast alles reden. Der Trainer hat uns vom Stress bei seiner Doktor-Arbeit erzählt. Da hatte er schon seinen Sohn usw... Ich kriege dazu nicht wirklich Bilder in den Kopf, stelle es mir wie eine Klassenarbeit vor... He, der ist Sportler... Quasi Klitschko in klein... Was muss man da groß wissen... Ich mag Sport nicht! Das ist anstrengend! Und weh tut es auch... Aber unser Trainer ist echt eine coole Socke! Der hat auf alles eine passende Antwort...

Abends treffe ich mich mit der Kollegin in der Schwimmhalle. Ja! Wir gehen immer noch! Immer in der Frühschicht-Woche. Heute auch! Das war wieder so kalt und voll! Die anderen Leute haben überhaupt keine Hitze! Da sind so viele Leute drin! Beim Einsteigen haben die doch alle über 30 Grad und es wird nicht warm! Verdammt! Ich hab mich irgendwann in den letzten Tagen erkältet. Der Freitag ist quasi gestrichen! Ich hab der Kollegin abgesagt, friere lieber zu Hause, auf dem Sofa... Die werden ja das Schwimmbad nicht gleich abreißen, wenn wir einmal auslassen!

***

Am Wochenende besuchen wir den Weihnachtsmarkt in unserer Kleinstadt. Das ist jedes Jahr ein

MUSS!! Mindestens einmal!! Vorm Rathaus ist mein Lieblings-Glühweinstand! Vom Gewerbe-Verein! Da geh ich immer hin! Die unterstützen jedes Jahr Projekte in der Stadt! So hat die Sauferei wenigstens einen Sinn...

Hab einen meiner Kollegen aus der Zulieferei mit seiner Familie getroffen. Wir konnten schön schnacken... Der hat eine hübsche Frau und zwei süße Kinder. Ich kann aber nicht lange an einer Stelle rum stehen! 10 Minuten... Dann sind wir los. Natürlich laufen wir die kleinen Buden ab! In Zwickau war ich alleine... Sind auch reichlich Händler dabei und der nächste „richtige Markt" ist eh erst wieder im Frühling... Meine Männer lieben die Kräppelchen! Das sind echt die besten, die du zu Weihnachten bekommen kannst! Und wir kennen viele Back-Büdchen... Von vielen Weihnachts-Märkten!! Ehrlich!! Bratwurst? Muss ich nicht unbedingt haben, geht aber auch... Zucker ist ja schnell weggeschwitzt... Das allerwichtigste sind aber die Räucherkerzen!! Da müssen wir immer einen Sack voll mitnehmen! Mein Mann liebt diesen Mief von angebrannter Seife... Meine Qualmerei kann er nicht ab! Aber das Geräucher, das ist seins... Egal! Hat er sich verdient! Er hat sich schließlich um den Kurzen gekümmert!

***

Die letzten Tage bei der Arbeit in diesem Jahr sind auch schnell erledigt! Wir haben nur zwei Spätschichten! Montag und Dienstag!

Ich war am Montag, vor der Schicht, beim Sport! Ohne Muttern zum einkaufen, aber mit Naomi... Man, hat die uns wieder gestriezt! Auf Socken durch den Raum laufen und hüpfen... Ich kriege so schnell kalte Füße! Boah... Wir sollten, auf der Matte sitzend, unsere Zehen berühren! Meine Arme sind aber viel zu kurz... Da komm ich überhaupt nicht ran... Ich hab doch keinen Gummi im Rücken... Das war anstrengend!

Meine Kollegin darf am Mittwoch nochmal ein paar Stunden zur Arbeit... Verdammt! Bei uns wird schon wieder umgebaut... Mich gruselt jetzt schon, wenn wir im neuen Jahr zurück sind! Dann muss ich wieder neu lernen... Aber, bis dahin ist erst mal Urlaub!

Wir haben vier lange Wochen frei! Genug Zeit, um Geschenke zu kaufen und zu verpacken... Genug Zeit, um sich Gedanken zu machen, wie das „große Fressen" in diesem Jahr von statten gehen soll... Ich hab sogar geschafft, ein Paket für meine Kinder in Stade auf den Weg zu bringen!!

Freitag treffe ich mich mit der Kollegin zum Schwimmen. Letzte Woche hab ich gekränkelt... Jetzt wird es mal wieder Zeit den Kadaver zu bewegen!

Am Wochenende geht`s nochmal zum Weihnachtsmarkt in die Kleinstadt. Die Baustelle ist erst mal weg... Die wird im neuen Jahr weiter geführt...

Auf dem Weg zur Garage fing es ein bisschen an zu schneien... Nur ganz kurz... Das war sooo romantisch... In dem Moment!

Klar, gab es noch mal Kräppelchen! Und Glühwein! Hab meinen Bruder getroffen. Der stand da ein bisschen abseits, mit ein paar Kumpels, seiner Freundin und ihrer Familie... Den hab ich erst mal am Kragen gepackt und bedroht! Der muss Weihnachten wieder fahren, dass ich mit seiner Perle Bowle schlürfen kann... Der hatte, glaube ich, auch direkt Angst...

Zur Belohnung hab ich ihm auch noch seinen Glühwein geklaut! Der verträgt das eh nicht so gut...! Ich glaube mein Bruder hasst mich jetzt... Egal!

***

Weihnachten ist bei uns dieses Jahr auch wieder relativ chillig!

He... Ich hab seit einer gefühlten Ewigkeit mal wieder unsere Fenster geputzt und die Gardinen gewaschen! Draußen ist es aber so hässlich! Grau! Trübe! Frischlich! Hätte ich mir sparen können! OK, die Baustelle vom Trafo-Häuschen ist endlich weg! Man mag aber trotzdem nicht gerne rausgucken! Unsere Halleluja-Staude steht, wie immer, vorm Fenster! Gott sei Dank!

Für Digger ist das Schmücken immer unglaublich

aufregend! Der liebt es in die großen Kisten zu schlüpfen, sich umzusehen und schlafen zu legen... Wir müssen aufpassen, dass er da raus ist, bevor wir die wieder zu machen und im Keller übereinander stapeln... Die stehen ja vier Wochen da unten!

Heilig Abend gehen wir immer eine Runde durch unser Dorf!

Viele fremde Leute sind hier in den letzten paar Jahren her gezogen!
Aber in den Fenstern leuchtet es nicht mehr so schön wie früher. Es wird immer weniger... Unsere Kirche ist auch tot! Da ist auch, seit einer Ewigkeit, nichts mehr los! Der Pfarrer vom Nachbar-Dorf ist in Rente gegangen... Und unsere paar Hanseln sind es wohl niemandem wert, dass man einen Wieder-Belebens-Versuch macht...

Dörfer, glaub ich, sind in dieser Gesellschaft genau so lästig wie Kinder!! Man weiß wohl, dass man sie braucht! Dass man damit Kohle machen kann... Aber, man müsste etwas investieren, was es für Geld nicht gibt!! Hirn... Willen... Verantwortungsbewusstsein... Lieber schreit die Regierung über einen Diesel-Skandal! Damit kann man neue Abgaben erfinden und Städter verunsichern...

Weihnachten hat man viel Zeit für merkwürdige Gedanken!

Zu Hause angekommen, machen wir erst mal eine Räucherkerze an! Grins! Hab ich eben noch an Diesel-Skandal gedacht? Zünden wir doch mal auch

noch die Kerzen am Adventskranz an…
Wir werden sterben! Oh weh… Pfffh! Na und! Früher oder später geht es eh ab…

Unsere Lichter am Baum und in den Fenstern leuchten… Der Weihnachtsmann war da…
Ich reiß den Kühlschrank auf und mache die Würstchen warm, zum Kartoffelsalat!
Alles, wie jedes Jahr!
Wir haben den Fernseher an. Wir gucken die alten Märchenfilme… Auch, wie jedes Jahr… Digger hat eine große Geschenktüte bekommen. Da drin piepts… Ich schmeiß mich weg! Der rollt die Augen auf und wirtschaftet in der Tüte… (Beute!!! Das ist Beute!!! Meine Beute!!! Alles meins!) Morgen sind wir bei Muttern zum Essen eingeladen. Wir müssen heute quasi beizeiten aufhören! Mein Bruder, seine Kleine und die Jungs kommen auch! Wie jedes Jahr! Ich freu mich schon…

Bei Muttern gab es auch wieder reichlich! Wie jedes Jahr! Ich hab einen Eimer Erdbeer-Bowle dabei! Hallo?! Na und… Muss auch mal sein!
Aber dieses Jahr kann ich die Kleine von meinem Bruder nicht wirklich überreden! Sie ist dieses Jahr sehr still und zurückhaltend! Das macht mir ein bisschen Angst!

Meine Große hat mir ein Foto von ihrer Hand geschickt! Alter!! Dort, wo ich Finger habe… Oh… Ach so… Da ist ein Ring dran! Freude… Die Kinder wollen jetzt endlich heiraten! Es gibt eine Hochzeit! Hat eine Weile gedauert, bis ich es geschnallt habe.

Wir haben am zweiten Feiertag eine ganze Weile telefoniert! Hab auch direkt meinen Anschiss, wegen meinem Kommentar bekommen... Einen Termin gibt es zwar noch nicht, aber der Plan steht! Erst kommt der Umzug! Die beiden haben sich da oben im Norden ein Häuschen gekauft! Vor zwei Monaten hörte sich das noch nach Zukunftsmusik an... Jetzt hat es Hand und Fuß... Bzw. Keller und Dach... Wenn alles perfekt ist, wird geheiratet... Man! Überall Veränderungen!

***

Jetzt ist es vorbei! Gott sei Dank! Wir haben die ersten Fress-Orgien überlebt! Morgen gibt es nur Tütensuppe! Wir haben den Kühlschrank noch total voll! Ente, Gänsebeine, Schweinebraten... Ich kann mich kaum noch bewegen und denke schon wieder ans nächste Mal... Vielleich arbeite ich in Gedanken aber auch schon an meinem zweiten Leben... Als Schmetterling! Verpuppt hab ich mich schon! Bei dem Wetter sollte man auch alles einpacken und dicht machen! Dazu essen, schlafen, essen, schlafen... Aufwachen geht auch schon! Nur die Sache mit dem Zack + Schön... Da muss noch was passieren... Das funktioniert noch nicht! Der böse Spiegel zeigt mir beim vorbei laufen immer ein geplatztes Polstermöbel...

Wir bereiten uns auf Silvester vor. Ja! Wir lieben es, wenn es draußen knallt... Für drinnen haben wir nur zwei Kleinigkeiten. Muss ja nicht sein, dass Digger jedes Jahr mit dem Herzkasper kämpft... Ich mach keine Bowle! Hab quasi noch von Weihnachten die Schleuder-Schuhe an!

Wir bleiben Silvester zu Hause. Fast wie jedes Jahr. Früher, vor ein paar Jahren, haben wir mit den Nachbarn gefeiert. Aber, wir sind alle umgezogen. Auf diese Rumrennerei hab ich keinen Bock. Immer anziehen, Zeugs rumschleppen und abends wieder heim gehen... Dafür bin ich zu faul! Es soll auch wieder windig und regnerisch werden... Kein Bock...

Unser kleiner Verein macht auch eine Party. Dieses Jahr hat sich meine Mutter zum ersten Mal aufgerafft! Wir haben erst überlegt, ob wir es mal ausprobieren... Der Kurze erträgt aber die vielen Leute nicht und wir wollen ihn nicht alleine lassen. Nee!! Wir bleiben zu Hause!

Was mich jedes Jahr aufregt, ist das sinnlose Fernseh-Programm! Man löhnt einen Haufen Asche und bekommt nur Schrott und Aufgewärmtes! Altbackene Partys von vor Jahren werden einem da übergebraten... Ich frage mich, wofür wir so viele Gebühren bezahlen...   Naja, egal... Der erste Sekt ist auf und schmeckt! Der Nudelsalat ist fertig! Die Würstchen sind heiß... Natürlich gehen wir ab um neun jede Stunde runter! Wir haben schließlich jede Menge Munition! Um zwölf stoßen wir oben an und dann geht`s an die Raketen… Ich hab auch ein paar von den Batterien gekauft! Da musst du nur einmal zünden und es knallt hundert Mal am Stück… Herrlich… Dieses Jahr ist wieder total verrückt! Mit dem Wetter hatten wir einigermaßen Glück! Es ist zwar leicht trüb, aber nicht nass. Der Wind hat auch nachgelassen… Dieses Jahr hat es hier unglaublich lange geknallt! Soviel war, glaube ich, nur zur Jahrtausend-Wende los! Überall steigen Raketen und Licht-Blitze auf… Es rumst und kracht um uns herum… Vorne, beim Verein ist Profi-Feuerwerk… Das leuchtet noch länger als bei uns… Wir haben nach unserem „Krieg" noch eine viertel Stunde zugeschaut… Naja, man konnte auch wieder was sehen… Hier war alles total zugenebelt… Es ging kein Wind mehr…

Warum regst du dich auf? Wenn wir nicht knallen, hast du keinen Grund aus dem Fenster zu sehen! Wir machen dir die Wow- und Awh-Effekte!

Oben haben wir dann einen Plan gemacht! Dieses Jahr ist Mutter nicht zu Hause. Eigentlich gehen wir nach unserer Böllerei immer rüber… Frohes Neues wünschen, gucken, ob ihre Katze noch lebt und so… Dieses Jahr gehen wir alle drei vor zum Vereins-Haus und wünschen allen, die wir schon unterwegs treffen, ein frohes neues Jahr!
Die Veranstaltung ist gut besucht. Drinnen, im Haus, ist es voll… Draußen, der kleine Hof, ist

voll... Ich hab zwei Wochen keinen Sport... Ich kann ja nichts dafür, dass Weihnachten und Silvester auf Montage fallen... Dann mach ich die erste Bewegung eben jetzt... Die Tischreihen sind voll belegt und ich arbeite mich vom ersten Platz bis komplett zum letzten durch! Alle mussten aufstehen! Ich wollte wirklich jedem was wünschen... Man, hab ich dabei geschwitzt... Sind auch ein paar fremde Leute da... Ein Kollege? Der mich kennt...? Egal! Die mussten alle aufstehen... Die sind auch alle, mehr oder weniger freiwillig, aufgestanden... Ich hatte meine erste Bewegungs-Einheit... Mit meinen Dorf-Kollegen... Ich lach mich schlapp! Hab sie alle bewegt!

Zu Hause haben wir es dann wieder langsam ausklingen lassen! Ich bin ein bisschen müde. Digger war froh, dass es vorbei war! Der hat sich aber dieses Jahr nicht versteckt! Mutige Miez!! Morgen früh müssen wir dann unseren Müll einsammeln!

***

Dieses Jahr haben wir auch wieder zwei große Eimer mit Papier und Hülsen gefüllt! Es hat angefangen zu regnen. Ekelhaft! Alles ist schmierig, schmutzig und klebt... Aber Ordnung muss sein! Zum Mittag gibt es wieder mal Reste! Die Schuhe laufen noch im Kreis. Da hat keiner wirklich Appetit... Die Woche wird nicht aufregend. Irgendwas hängt uns an...

Wir haben dieses Jahr mal alle drei Urlaub, in der ersten Woche des Jahres. Der Kurze macht dieses Jahr sogar, mal fast von alleine, seine Hausaufgaben! Der hat Rechner-Entzug! Den bekommt er erst zurück, wenn er fertig ist... Zwei Tage! Der hat sich mächtig angestrengt. Der musste es auch alleine machen... Ist ja nicht meins!

Ich hab mich mit der ehemaligen Sport-Kollegin zum Käffchen verabredet. Wir treffen uns ab und zu. Ich übe quasi bayrische Sprache zu verstehen! Sie war wieder vier Wochen in der Heimat. Da gab es einiges zu quatschen... Ich versteh zwar immer noch nicht jedes Wort, aber sie scheint es zu merken und übersetzt, wenn ich komisch gucke.

Hier hat es jetzt auch endlich mal etwas geschneit! Ich wollte ein Foto machen. Aber, als ich mich daran erinnert habe war der Schnee schon wieder weg! Verdammt! Naja, egal! Der Wetterbericht sagte voraus, dass noch etwas kommt! Warten kann ich! Ich bin ja Ossi...

Am Wochenende ist beim Verein das Weihnachtsbaum-Verbrennen! Herrlich! Der Glühwein schmeckt auch schon wieder. Der Grillmeister macht lecker Essen... Jede Menge Leute sind da und albern rum... Unsere ehemaligen Nachbarn sind auch da! Wir haben schon wieder die ganzen alten Geschichten aufgewärmt und uns dabei halb tot gelacht... Aber durch die Arbeiterei sieht man sich auch nur noch selten! Wir haben uns im Vereinshaus einen schönen Platz gesucht. Eine Ziehung gemacht. Dabei fällt mir doch auf, dass wir ziemlich viele Krankenschwestern im Dorf haben! OP-Schwestern, Stations-Schwestern, Kinderkrankenschwestern, Arzthelferinnen... Super! Alles gut! Hier bin ich sicher!

***

Ein paar Tage später war es dann soweit! Schnee! Im Flachland! Alles ist überzuckert! Ok, eher glasiert... Die Flocken sind dick und schwer! Pappschnee... Mein Telefon liegt zu Hause, auf dem Tisch... Verdammt! Ich muss in die Stadt! Der Kurze hat seinen ersten Schultag! Die ersten Autos liegen im Straßengraben... Fein... Hoffentlich sind da nicht noch mehr! Wir sind doch immer pünktlich! Zum Sport geh ich heute auch! Ist ja Montag! Mutter fühlt sich nicht so gut, die bleibt lieber zu Hause. Aber der Einkaufsladen ist später auch noch da! Ist schon ok!
Zwei Wochen lang hab ich so gut wie keine Faser bewegt! Jetzt wird es echt Zeit! Der Trainer hat uns, glaube ich, auch angesehen, dass wir alle nur auf dem Sofa gelegen haben. Der macht nur so ein bisschen Hopsassa mit uns! Gott sei Dank!

Abends bin ich mit meiner Kollegin am Schwimmbad verabredet. Unsere erste Einheit! Das war schön! Wir haben ein bisschen Angst vor dem kalten Wasser und gleiten erst mal ganz entspannt ins Planschbecken. Die Massage-Düsen tun uns gut. Schade, dass die nur fünf Minuten drücken... Meine Kollegin darf diese Woche schon arbeiten. Ich muss noch bis nächsten Dienstag warten. Aber, da ist für mich nur Schulung! Richtig los geht es erst in der Woche danach! Du weißt ja... Der Umbau...

***

Ich hab das erste Foto gemacht! Winter im Leipziger Südraum! Dort, wo der Schnee vor 25 Jahren noch grau war, liegt jetzt weißer... Es ist windig. Die Luft ist feucht und kalt... Der Schnee ist schwer und klebt überall fest... Im Gebirge ist ein richtiges Schnee-Chaos ausgebrochen! (Welch Überraschung!) Da ist auch dieser schwere Pappschnee runter gekommen! Lawinengefahr! Jeden Tag gibt es Schreckensmeldungen! Das Alpenland ist stark betroffen! Unsere siebten Klassen haben das Skilager gebucht... Ich bin froh, dass der Kurze schon vor zwei Jahren da war! Bergpässe sind gesperrt! Dächer und Bäume tragen die Last nicht mehr und brechen zusammen... Touristen sitzen in den Skigebieten fest... Kein Rein- und Rauskommen...

Wir gucken jeden Abend den Wetterbericht! Die Temperatur bei uns ist bei null und einem Grad plus... Lange wird es also wieder nicht anhalten! Die Wyhra führt ein bisschen Hochwasser. Dabei kommt das Schmelzwasser noch gar nicht! Naja, egal! Ich hab ein Bild!

Freitag ist wieder schwimmen! Und die Bude war wieder so übel voll!! Diese verdammten guten Vorsätze... Zwei Leute gehen raus, drei kommen rein... Vor mir schwimmt eine lange Frau, hinter mir sind zwei mopsige Frauen... Der Beckenrand ist zwei Armlängen entfernt... Ich weiß nicht wohin... Ich hab Angst! An den Startblöcken haben ein paar Kinder Spaß am rein springen... Ich hab Wasser auf dem Kopf... Eeekelhaft! Wir können uns heute auch nicht ins Planschbecken retten! Das ist auch voll! Kinder – ist klar – und mopsige Frauen, die gar nicht vorhatten sich zu bewegen... Nee, Spaß hat es nicht gemacht! Wir haben uns für Montag wieder verabredet! Bin ja mal gespannt, ob es dann besser ist!
Dieses Wochenende wird wieder ziemlich langweilig und träge! Es regnet! Schon seit vorgestern! Wir müssen unser Garagen-Dach abdichten! Dahinter steht eine riesige alte Birke. Die schlitzt mit den Ästen unsere Dachpappe auf! Wir haben jetzt Bleche da drauf gebastelt... Soll die Birke doch machen, was sie will!!

***

Montag wird es in der Schule aufregend! Die Siebten sind im Skilager, mit der halben Lehrerschaft! Ein paar Stunden fallen aus…
Ich hab jetzt meine letzte von vier Urlaubswochen! Ich kann den Kurzen mit heim nehmen. Der muss aber noch warten, bis ich fertig bin mit „Sport"! Wir haben mal wieder eine Art Zirkel gemacht. Alles, was wackeln kann, haben wir bewegt. Ich bin ganz schön aus der Puste! War quasi anstrengend! Aber schön! Ja! Ich freu mich immer auf Montag! Da mach ich etwas, nur für mich!   Der Kurze steht, wie immer, vor der Tür und traut sich nicht rein… Der hat schon ganz blaue Hände! Sein Pech! Die Tür ist ja offen!   Der könnte auch im Warmen sitzen!

Abends geht`s in die Schwimmhalle. Ich befürchte ja schon wieder, dass die vielen Leute da sind! Da hab ich keinen Bock drauf! Aber, es war erträglich! War zwar auch voll! Aber nicht wie letzten Freitag! Ich hab vom kleinen Bademeister einen Anschiss gekriegt! Ich bin kritisch!! Hab rumgemotzt, dass die Brühe so arschkalt ist!! Der kam uns, mit einer Klo-Rolle in der Hand, hinterher… Na und!! Ist mir doch egal! Da muss er durch! Wir müssen auch die Temperaturen im Wasser ertragen! Aber heute konnten wir wieder an die Massage-Düsen. Ich hab schön Temperatur „getankt"! So sind wir auch schneller im Schwimmerbecken. Wir reden viel. Morgen hab ich Schulung. Das ist ein Thema. Meine Kollegin darf diese Woche schon... Ich war sooo lange nicht im Betrieb! Mich zerreißt die Neugier regelrecht. Hab angefangen sie zu löchern...

„Warst du mal hinten, bei uns? Hat sich viel verändert? Ist unsere Schranke noch da? Hast du meine Kollegen gesehen?"

Wir sind eigentlich die ganze Zeit am Quatschen. Weihnachten und Silvester mussten ausgewertet werden! Der Wintereinbruch! Heut Nachmittag war wie ein kleiner Schneesturm. Erst kam eine große schwarze Wolke, wie Weltuntergang, dann fing es an zu krümeln... Dazu Sturm und Kälte! Das war richtig krank! Das ist irgendwie nicht mein Klima! Ich hab es viel lieber so 25 Grad warm, mit einer leichten Brise und Sonnenschein... Egal! Europa hat Winter! Ist nun mal so!

***

Dienstag hab ich meinen ersten Arbeitstag im neuen Jahr. Hab zwar nur Schulung, ist aber egal! Ich bin so aufgeregt. Ich freu mich schon. Das erste Mal in diesem Jahr sehe ich meine Kollegen! Du willst nicht wissen, wie dick meine Augenringe sind! Ich hab mich in den vergangenen drei Wochen total an ausschlafen gewöhnt! Ich hab in der Nacht so gut wie kein Auge zubekommen. Ich bin so unglaublich aufgeregt! Wir treffen uns im Restaurant. Da war ich noch nie... Keule wartet an der Treppe auf mich. Wir haben in unserem Chat geschrieben und einen Plan gemacht. Der weiß, dass ich ein Pimpf bin und sonst wo raus kommen würde!

In unsere Schwenke dürfen wir noch nicht. Wir gucken aber von oben mal hinter...

Hinten, am Restaurant, stehen viele Kollegen. Die meisten von denen kenne ich nicht. Ein Meister dirigiert uns mit einer Selbstverständlichkeit in eine abgetrennte Abteilung! Kaffee gibt's also keinen! Den Typen kenn ich auch nicht. Hab gefragt: „Wer bist du denn?" Spricht er: „Das verrate ich euch gleich..." Uhiiii... Ist das aufregend! Der hat uns eine ganze Menge Text gedrückt... Ich bin sooo müde! Hoffentlich geht das nicht den ganzen Tag so weiter! Aber wir dürfen dann später zum Glück in unseren Testraum! Darum haben wir ja Schulung!

Nach dem Theorietag bin ich beim Kinderheim rangefahren. Ich hatte den Kofferraum voll mit Mal- und Bastelsachen. Ich musste letzte Woche mit meinem Mann mit zum einkaufen. Brauchen konnte ich nix. Aber da gab es viele schöne Dinge, die die Kinder brauchen können... Hab den Wagen schön vollgeladen! Das hat sich mal wieder gelohnt. Der Karton vom Lampion-Umzug ist übervoll...

***

Freitag bin ich mit meiner Kollegin unterwegs! Wir haben uns vor Tagen schon verabredet. Und die Schwimmhalle ist wieder zum Bersten voll!! Das ist überhaupt nicht schön! Wir versuchen es nächste Woche mal am Mittwoch! Die guten Vorsätze der vielen fremden Leute halten meistens nicht so lange. Vielleicht ist es Mittwoch schöner! Nee, ist es nicht! Freitag fällt aus! Mir ist so unglaublich kalt. Im Wasser wird mir noch kälter... Wir wollen schließlich nicht auch noch krank werden... Das ist keine Option! Samstag darf ich zum „Anrollen"! Frühschicht! Augenringe! Allgemeine Müdigkeit und Stille sind vorherrschend. Der Kaffee blubbert schon, als ich in unserem Bereich aufgeschlagen bin. Schön! Ich kann quasi gleich anfangen meine Hosentaschen zu bestücken! Kuli, Karte, Brille, Lampe... Meine schönen alten Handschuhe haben ein Loch am Daumen! Verdammt! Egal! Dann kann der mir eben beim arbeiten zugucken! Und das war so schön! Endlich wieder arbeiten! Ich hab es sooo vermisst! Nach der langen Pause und dem Umbau läuft noch nicht alles ganz rund! Ist völlig normal! Wir stehen ab und zu... Aber, unser Ziel haben wir erreicht! Montag geht es dann endlich wieder richtig los!

***

Die erste Frühschicht-Woche beginnt fast, wie die letzte Spätschicht geendet hat. Alle sind ein bisschen aufgeregt. Die Neujahrs-Wünsche kommen dieses Jahr ein wenig verhaltener als letztes Jahr. Wir sind aber auch schon in der dritten Woche! Ist klar! Ich kann heute nicht zum Sport. Ist auch klar! Ich hab auch das Gefühl, schon wieder die Hälfte vergessen zu haben... Aber es läuft relativ gut! Unser Auge ist nicht da. Der ist im Dezember wieder nach Indien geflogen, hatte dort einen Unfall... Das wird noch eine ganze Weile dauern, bis er zurück kommt! Wir sind ab und zu in Kontakt. Das ist schon aufregend... Ich rede gerne mit ihm. Der ist interessant... Der hat schon so viel gesehen und erlebt! Gescheit ist er auch! Der kann mir viele Dinge erklären... (schmunzel...)

Unser erstes Wochenende ist nicht so toll! Der Kurze hat wie immer keinen Bock auf seine Hausaufgaben und der hat so viel auf! Ich hab Wäsche und darf kochen und putzen, wie immer...

Seit diesem Jahr geht der Held aber zum Bäcker! Das hat er bis jetzt noch nie gemacht! Wird Zeit, dass er sich mal am Haushalt beteiligt! Essen will er ja auch! Wir haben das ganze Wochenende über den Büchern gehockt! Er musste noch ein paar Bilder am Rechner suchen und ich muss aufpassen, dass er die Gelegenheit nicht zum Zocken ausnutzt! Wir haben fast alles geschafft! Nur ein paar Kleinigkeiten, die noch ein bisschen Zeit haben, sind übrig geblieben!

Nächste Woche haben wir dann Spätschicht! Montag ist Sport. Ich nehme Muttern mit zum einkaufen. Der Kurze hat um 12 schon Schulschluss! Also hab ich doch einen Grund, nochmal zu Hause ran zufahren...

Wenn ich zur Arbeit fahre, fahr ich über die Kippenstraße vom alten Tagebau. Die wird rechts und links von Feldern gesäumt. In der Spätschichtwoche mach ich gerne etwas langsamer. Dann guck ich mir die Felder an. Auf dem abgeernteten Rapsfeld steht ein einsamer Silberreiher. Der wirkt, so aus der Ferne, ein bisschen arrogant! Der gockelt und stakst auf dem Acker rum, als wär es sein Eigentum! Auf dem abgegrasten Getreideacker liegt ein großer Schwarm Schwäne... Du hättest mal im Herbst da lang fahren müssen! Die Büsche und Bäume haben ein so krasses Farben-Spektrum... Von grün über gelb auf braun und rot bis lila... Herrlich! Mit Sonnenschein dazu ist das ein Panorama... Unglaublich schön! Nur der Müll passt nicht in die Landschaft! Da liegt ein Zeug rum! Fernseher, Eimer, Kopfkissen, Koffer... Wie kann man nur so ein Arschloch sein und einfach alles völlig sinn frei da hinschmeißen? Das ärgert mich... He, jeder kann seinen Müll ordentlich entsorgen! Sperrmüll kostet nichts und Elektro-Schrott musste auch nicht bezahlen! Einfach nur die Karte ausfüllen und zum Abfall-Hof fahren... Wenn du das Zeug schon mal im Auto hast...

Sorry, dass musste jetzt raus!!

Ich bin meistens recht früh da. Setze Käffchen an, decke einen Tisch und genieße es. Manchmal fragt mich mein Meister, der auch eher erscheint, wie es mir so geht... Das ist mir immer ein bisschen peinlich. Ich bin doch da! Kann ja nur besser werden... Mein kleines Hirn denkt dann, ich bin eine Maschine. Bisschen alt, bisschen verbraucht. Die Schaltstufen knacken zwar, weil sie abgenutzt sind. Aber Kupplung läuft... Dann sage ich: „Soll ich jammern? Kann ich gerade nicht. Es quietscht nicht, dann wird es schon gut sein!" Ich weiß manchmal nicht, was er so denkt... Neulich fragte er, ob ich nochmal zu Katharina gehen würde... Aber, dass ist wieder gruselig... Ich bin froh, dass Physio vorbei war... Ich darf ja manchmal zum Sport! Das reicht mir völlig aus...

***

Montag hab ich mal Urlaub! Ein paar Tage haben nicht in meinen Plan gepasst. Die nehm ich für Sport! Schwimmhalle ist auch! Ich freu mich drauf! Dann bin ich beim ersten Mal wenigstens noch nicht so geschafft! Wir haben eine lange Arbeits-Woche vor uns. Wir waren ja auch lange nicht da... Das Wochenende wird wieder schön! Unser Verein hat Geburtstag! Wir haben eine Mega- Party vor uns! Uns gibt es jetzt schon seit zehn Jahren und die Zeitung hat einen großen Artikel auf dem Titelblatt und im Lokal-Teil. Ich bin ein bisschen später da. Erst die Frühschicht und danach noch zum Einkaufsladen... Ist nun mal so... Das halbe Dorf ist auf den Beinen. Sogar der Kollege von mir, den ich Silvester getroffen habe, ist da. Den hab ich dieses Mal ausgehorcht! Der bastelt bei uns an den Strömlingen... Den hab ich noch nie so wirklich wahr genommen. Aber jetzt, wo ich es weiß... Mein Bruder ist mit seiner Freundin da. Die haben noch ein paar Leute aus der Kleinstadt dabei... Ist ein ganz lustiger Trupp... Unsere ehemaligen Nachbarn sind da. Wir sind wie eine Rentner-Gang! Erzählen und beschreiben uns unsere Gebrechen... Lachen uns dabei kaputt, weil wir einige Dinge gar nicht oder anders verstehen! Ist schon schräg, wenn die Landbevölkerung im Krankenhaus einzieht... Naja, egal! An der frischen Luft ist es erträglich... Unser Grillmeister macht uns die leckersten Bratwürste. Das duftet so herrlich. Frische Brötchen gibt es auch. Genau mein Ding! Wir haben den Abend zu dritt mal wieder genossen. Ok, der Kurze ist schon eher heim. Der wollte noch zocken. Der kann eh noch nicht mitreden, wenn wir unsere alten Geschichten aufwärmen... Glühwein mag er auch nicht...

***

Wir haben wieder Vereins-Sitzung. Dieses Mal geht es um unseren neuen Plan! Wir machen immer etwas für unser Dorf. Jetzt haben wir einen Spielplatz für alle im Visier. Das wird heftig! Und teuer! Aber bis jetzt haben wir immer noch alles geschafft, was wir uns vorgenommen haben. Unser Gartenverein unterstützt uns auch dabei. Von der Gemeinde gibt es Hilfe und einen Sponsor haben wir... Voriges Jahr war Tagebau-Konzert. Kultur! Nix für mich... Aber da gab es für unseren Verein einen dicken Scheck! Ich glaube, so ein bisschen bekannt sind wir schon in unserer Region... Klar! Wir machen Dorf-Fest! Da kommen auch immer viele Leute hin. Da hab ich sogar mal die Psychologin vom Kurzen getroffen. Zufällig. Die ist im Nachbar-Dorf aufgewachsen, hat mit ihrer Tochter eine Fahrrad-Tour gemacht. Ihre Mutter lebt noch da. Die waren quasi zu Besuch... Also, ich hab mich gefreut... Ich glaube, das ist jetzt schon drei Jahre her...

Sonntag hab ich meinen Bruder zum ersten Mal in seiner neuen Wohnung besucht. Seine Perle hat für mich gebacken. Ich musste quasi hin! Wir haben vor zwei Wochen den Plan gemacht und sie kann Ausreden überhaupt nicht leiden! Manchmal, wenn ich mich mit der bayrischen ehemaligen Sportkollegin auf ein Käffchen treffe, beim Bäcker, sehen wir uns da. Sie ist ja dort Bäckerin...
Ich hatte Muttern im Gepäck. Alleine ist es mir immer unheimlich! Auch, wenn ich meinen Bruder kenne... Oder vielleicht gerade deshalb...

Ich möchte niemals in der Stadt wohnen! Beton, Verkehr, fremde Leute ohne Ende... Das ist nichts für mich! Mein Bruder wohnt in einem Neubau-Block. Vom Balkon aus guckt man – Gott sei Dank – auf den Wäscheplatz und eine Gartenanlage! Ein

Typ läuft gerade mit seinem Hund über die Wiese...
Toll! Das erste Häufchen des Tages! Lass es ruhig
wachsen! Vielleicht wälzen sich später die Kinder
darin! Ich will heim...

***

Montag ging es mir nicht so gut! Ich schleppe jetzt
schon mindestens zwei Wochen etwas mit mir
rum... An meinem Gurkenhals, Marke sächsische
Landgurke, treibt eine Tomate! Da stimmt doch was
nicht! Also bin ich zu meinem Doc in die Praxis gefahren! Montags ist er immer da! Eigentlich. Dieses
Mal nicht...
Oh weh...
„Wollen sie trotzdem zur Ärztin?"
(Nee, Hausmeister reicht...) „Natürlich! Da ist ja
was..."
Oh weh...
Mutig, wie ich bin, hab ich gewartet! Wurde aufgerufen und hab es ihr auch gleich an den Kopf ge-
knallt...
„Ich geh immer nur zu meinem Doc! Wo ist er
denn? Was ist denn hier los?"
Das ist eine ganz junge Ärztin, hab ich quasi noch
nie gesehen. Egal! Die ist sehr nett. Hab ihr erzählt,
wo es mir am Kragen drückt... Sie hat, glaub ich,
versucht da etwas zu finden... Im Winter? Ich bin

doch kein Gewächshaus... Mädchen, da musste mal zum Einkaufsladen... Sie hat es dann auf meine Muskeln geschoben... Wenn die wüsste, dass die zu Hause gebügelt im Schrank liegen... Egal... Jetzt hab ich wieder einen kleinen Ibu-Vorrat. Sie hat mir drei Tage frei gegeben. Mein Meister war nicht so entzückt... Hoffentlich sortiert sich mein Gemüse-Beet! Das kann ich gar nicht leiden! ... Ich hab mal wieder das Internetz bemüht. Ich fühlte mich mit der Kacke bisschen alleine gelassen! Was sollte ich denn machen... Ich hab ein paar Übungen für Hals und Nacken gefunden und ausprobiert. Keine Ahnung, ob das wirklich zu meinem Scheiß passt... Atlaswirbel... Trapezmuskel... Alter! Mein Organismus ist ein göttlich kosmisches Zirkuszelt! Ich werde in Zukunft Eintritt verlangen! Fürs Anfassen! Weiter unten hab ich auch Achilles-Zwillinge und lauter so Zeug... Vom Gyn. nehme ich das Doppelte! Loge ist immer teurer! Egal!

Mittags war ich wieder beim Sport! Unser Trainer ist zum Glück ein Gescheiter! Der lässt uns alles bewegen und erklärt ganz viel dazu! Geht schon wieder! Hab mich quasi wieder eingerenkt! Also... Wenn mit hüpfen, hampeln, kreiseln und strecken alles weggeht, wozu brauchen wir dann noch einen Extra-Doc für die Knochen? Da reicht ja wohl die Turnhalle völlig aus!

***

In der Frühschicht-Woche war es auch mal wieder ein bisschen aufregend. Diese Woche ist Frauentag. Wir bekommen, als Danke schön, immer eine Blume! Das erste Mal, vor ein paar Jahren, war mir das so peinlich! Der „alte Kollege" und Keule waren dabei. Damals sind wir noch zusammen gefahren. Ich hab nicht hoch geguckt, wollte mich vorbei schummeln... Aber, ich bin wohl ein bunter Hund! Der Charmeur mit dem Blumeneimer hat mich beim Namen gerufen. Das war mir so peinlich! Ich wollte im Erdboden versinken... Unser Weg ist aber gefliest! Verdammt! Ich hab geglüht, wie eine Leucht-Diode! Kupferrot!

Diese Woche müssen wir 6 Tage arbeiten, am Stück! Mittwoch bin ich schon völlig fertig!

Unser Betriebsarzt hat uns besucht, mit Frau Quiese und ein paar fremden Leuten... Die haben sich unseren Arbeitsbereich angesehen. Ich bekomme wieder einen neuen Kollegen... Bin ja mal gespannt. Die große Delegation ist neben mir, als ich Keule in die Pause geschickt hab. (Ja, ich bin wieder der Springer!) Das ist mir immer so peinlich! Ich hab den Tunnelblick aufgesetzt und konzentriere mich nur auf meinen Job. Unser Doc haut mir ins Kreuz... Naja, eigentlich hat er nur getätschelt... Mein Hirn ist unterwegs. Kopfkino! Ich hab damit gerechnet. Anders!
Hab mich in Gedanken quasi schon mit schmerzverzerrtem Gesicht schreiend fallen lassen... Aber der Typ kann mir ins Hirn gucken. Sicher! Ich den-

ke, der hat den Film mit gesehen und mich darum nur so leicht an gestupst... Wir wechseln ganz kurz drei Worte... Das ist mir sooo peinlich... Aber, unser Doc ist cool. Der hat das gemerkt!

Samstag, nach der Frühschicht ist im Verein Frauentags-Feier. Da hab ich mich schon vor ein paar Wochen angemeldet. Herrlich! Endlich mal wieder mit den Mädels schnacken... Wir haben Besuch von einer Boutique-Chefin aus der Kleinstadt. Wir haben ja im Dorf keinen Laden. Die sagte, sie hat ein paar Anzieh-Sachen mitgebracht. Wir sollen dann oben mal gucken kommen. Ich war auch oben!
Nur Mädchen-Sachen... Blusen, Tücher, Handtaschen und so Kram... Mit Rosa und Glitzer... Was soll ich denn damit? Passen tut es mir auch nicht... Naja, egal! Die anderen Mädels haben was für sich gefunden. War quasi nicht ganz umsonst... Wir haben ein super leckeres Buffet von unseren Männern bekommen. Die haben sich da wieder mächtig ins Zeug gelegt. Ich liebe die Suppen... Gibt auch belegte Brötchen und viele andere köstliche Leckertäten! Und Pudding! Das hat mich leicht verstört! In manchen Bechern sind Gurken- und Möhren-Sticks? Was ist das denn wieder für ein neumodischer Quatsch? Ich hab einen Becher mit Vanille- und einen Becher mit Schokopudding mitgenommen. Da war ein Schokostück drauf. Zartschmelzend. Herrlich! Der Vanillepudding war auch ein bisschen komisch. Ohne Zucker und säuerlich! Egal! Zieht´s mir halt die Falten raus! Dann kann ich besser gucken... War trotzdem lecker! Nach dem Essen

kam wieder Besuch! Yeah! Ein Stripper für die Dorf-Pomeranzen... Feierstimmung! Der hatte ein lustiges Programm... So mit Schokolade und Banane... Haste jetzt Kopfkino? Ich auch... Grins... Jubel... Kaputtlach...

Mein Tag war ganz schön lang! Ich muss noch bis Mitternacht bleiben! Mutter hat am Sonntag Geburtstag. Wir wollten quasi rein feiern. Wir haben alle gesungen! Nicht sehr melodisch, aber laut und lange... Und wir haben angestoßen, auf die nächsten 25 Jahre...

War das wieder eine schräge Woche! Sonntag bin ich total verbimmelt. Todmüde. Fix und fertig. Kochen, waschen, putzen, Hausaufgaben... Um neun bin ich wie eine Leiche ins Bett gekippt... Mein Mann beschwert sich manchmal, dass ich schnarche! Ich hör das nicht! Ist mir doch egal! Der sägt auch für Kanada ganze Wälder ab! Hab ich mich schon mal beklagt? Ich mach sogar die Sägespäne wortlos weg...

***

Der Frühling lässt mal wieder auf sich warten. Es ist regnerisch, kalt und stürmisch. Überhaupt nicht schön! Ok, die Sonne scheint ab und zu. Das reicht mir aber noch nicht! Wir haben Spätschicht. Ich freu mich auf die Montags-Sporteinheit. Von der kleinen Ärztin gab es ja nur eine Packung Ibus...

Ich musste auch mal wieder zur Tankstelle! Drei freie Tage sind nicht lange und die Einkaufstasche braucht ab und zu einen Schluck! Hab auch schön getankt. Gehe rein zum bezahlen... Fängt doch der Kassenautomat an zu rattern! Da kam ein Zettel raus, da stand drauf: „Ihr Auto ist unheimlich dreckig! Waschen Sie heute noch! Sichern Sie sich 100 Extra-Punkte!" Ich stand da, völlig verblüfft... Woher weiß denn dieser Kasten, wie dreckig mein Auto ist? Hallo!? Ich geh immer nur an die Selber-Mach-Waschmaschine! Ist der blöd? Bei dem Wetter? Es ist kalt, grau und pieselig... Warum soll ich heute Autowaschen? Das dauert mindestens eine dreiviertel Stunde! Ich muss morgen zur Frühschicht! Ich hab keine Zeit für diesen Quatsch! Und dann krieg ich trotzdem keine Punkte... Dafür musst du in den Automatenwäscher fahren! Dem Frieden trau ich nicht!! Das Thema hat mich tagelang noch beschäftigt!

Mittwoch, in der Spätschicht, hab ich auf der Autobahn gefeiert! Ich fahr so schön, völlig verbimmelt, meine Strecke... Überhole einen Armee-LKW... Dann sind da noch zwei... Noch zwei... Mein Hirn tourt hoch! Hat die Bundeswehr heute Ausflug? Das nimmt ja gar kein Ende! Die haben alle blaue Fähnchen vorne dran. Yeah... Wollen die zu den Pfadfindern? Für Manöver Schneeflocke ist es zu spät! Jetzt ist es vorbei mit Winter und Schnee! Meine Güte! Solche Kartoffel-Kisten! Der erste, der voraus fährt, ist total am klappern und quietschen! Das höre ich durch mein geschlossenes Fenster, mit Mucke... Haben die ihre Inspektion verpennt oder waren die dafür in Rumänien? In meinem Hirn läuft ein Film mit Police Academie ab... Ich lach mich scheckig! Man! Die sollen uns beschützen? Dem Frieden trau ich auch nicht! Ich bin heilfroh, als ich endlich in meine Ausfahrt komme... Glück gehabt! Nix passiert! Hoffentlich bleibt es friedlich! Mit dieser Ausrüstung ist es vorbei! Ich hätte langsamer fahren und nach Roststellen gucken können! Aber, ich fahr schon immer nur 70! Da schläft mir ja der Kopf ein! Ich hab auch keine Zeit! Mein Job erwartet mich...

***

Keule ist kaputt gegangen! Der lässt mich diese Woche alleine auf die Kollegen los. Ich kann Frühschicht nicht leiden. Immer dieses Aufstehen und wach bleiben... Du hast keinen Schimmer wie schlimm es für den Morgenmuffel schon vorm Frühstück ist zu leben! Wenn du vorm Spiegel stehst und nicht erkennst, wer da guckt... Ich kann das nicht sein! Ich sehe anders aus! Die ganze Woche zieht sich wie Kaugummi! Wir haben zwar jede Menge zu tun, aber es ist nicht aufregend.

Ich hab meine Schwimm-Kollegin am Nachbar-Band mal besucht. Hab mir ein paar Handschuhe bei ihr geschnorrt. Ihr Springer-Kollege hatte auch gleich einen Anschiss für mich bereit! „Du kommst immer nur, wenn du was brauchst..." Ich glaube ja manchmal, dass Fettnäpfe extra für mich gemacht wurden! Ich wälze mich in jedem! Eigentlich kann man es auch „Baden im Ölfeld" nennen... Achtung!! Arschbombe... Im vergangenen Winter hat er mir das Leben gerettet. Ich war mal wieder vorne, weil ich was brauchte... Ich hab nicht wirklich Zeit. Ich wollte nur ein bisschen Schmatze schnorren, weil unsere Lieferung noch nicht da war... Meine Kollegin meinte: „Komm, wir gehen kurz auf einen Sargnagel vor die Tür." Ich Weichei hab aber nie eine Jacke an. Hab schon angefangen zu klappern, als ich die Tür sah. Der Springer-Kollege meinte aber: „Geh ruhig mit. Ich bring meine Jacke gleich mit raus!" Ich hab gezittert, wie Espenlaub. Der hatte einen schönen, weichen, großen, warmen Ulster. He! In der Spätschicht ist es draußen wirklich kalt! Und es war im Winter! Jetzt würde ich auch ohne Jacke überleben. Ist ja Frühling geworden! Tagsüber ist es manchmal sogar richtig schön.

Heute treffen wir uns nach Feierabend am Schwimmbad. Und das Wasser ist wieder so kalt! Hab mein kleines Thermometer mit. Ich glaube nur, was ich anfassen kann... Aber, es sind tatsächlich 28 Grad... Das versteh ich mal wieder nicht!
Draußen, auf dem Parkplatz vorm Einkaufsladen ist Tumult! Da stehen eine Menge Leute rum und gaffen... Durch die blöden Baustellen in der Stadt wird der Parkplatz als Durchfahrt benutzt! Die Umlei-

tungen sind so weiträumig... Heute wollte da ein Tieflader durch und ist stecken geblieben! Wir dachten erst, die baggern in der Ausfahrt... Nee! Der Bagger war aufgeladen auf dem Tieflader! Die haben versucht das Gewicht zu verlagern... Man, das ist echt zum brüllen! Es wird inzwischen auch langsam finster und fängt an zu pieseln... Wir haben erst mal den Laden besucht. Wir kommen eh nicht vorbei... Bisschen Obst, ein paar Süßigkeiten... Als wir raus kamen war alles wieder gut!

Viel sehe und erlebe ich nicht, wenn ich Schicht habe. Die Wochenenden sind auch immer recht schnell verprasst! In der Spätschicht fahr ich früh mit dem Kurzen zur Schule. Du glaubst es nicht! Der Frühling erwacht! Die ersten Knospen platzen auf. Die Weiden haben Kätzchen an den Ästen! Es wird langsam warm... Ich hab unseren Adebar entdeckt! Endlich ist er zu Hause! Der grast auf der alten Weide. Früher standen dort unsere Zuchtbullen! (Oh Schreck! Nein! Gehirn! Mach die Bilder weg!) Endlich beginnt es wieder zu leben... Hab dann auch direkt geschaut, ob der Horst noch auf dem Schornstein ist! Den sehe ich von unserem Stubenfenster aus, solange die Kastanien noch keine Blätter tragen. Endlich!!

Der Himmel ist hellblau. Mit Wolken, wie gemalt. Die Sonne scheint. Ich wünschte manchmal auf einer dieser Wolken sitzen zu können. Dann könnte ich mir von oben alles noch besser angucken. Aber meine Schuhe sind zu lang! Die würden glatt Löcher in die Zuckerwatte bohren, durch die ich runter falle... Ich kann nicht fliegen! Ich bin zu schwer... Ich sollte vielleicht mal einen Ornithologen aufsuchen, der meine Vogelart bestimmt... Der kann gar nichts! Nicht fliegen, nicht singen, Wasser auf den Kopf will er nicht... Dafür mag er Schnitzel! Nee, ein Huhn ist er auch nicht... Brauchbare Eier legt er auch keine...

***

In der Spätschicht-Woche genieße ich jetzt die Fahrten wieder. Mittags sehe ich mir unsere schöne Landschaft an. Ich versuche die Müllhaufen im Grünen auszublenden. Wenn ich Zeit hätte, würde ich sie wegräumen... Ich muss aber zur Arbeit! Leipziger Tieflandbucht! Ich liebe es! Das frische sprießende Grün ist ein Augenschmaus! Es ist unterschiedlich grün... Hell, dunkel, dicht, lichte... Zwischen den grünen Bäumen lunzen auch noch ein paar kahlköpfige Winterleichen heraus. Die trauen sich wohl bei den Temperaturen noch nicht auszutreiben! Mal ist es schön warm, dann wird es wieder kalt!
Meine Temperatur liegt so bei 25 Grad. Mit Sonnenschein! Dann fühle ich mich wohl.
Der Raps steht voll in Blüte. Der ist so gelb... Da könnte man glatt blind werden! An den Feldrändern sprießen Osterglocken. Wühlmäuse haben die

wohl da hingeschleppt… Im Straßengraben liegt ein toter Waschbär! Lange liegt er aber noch nicht. Der Kadaver ist noch nicht verwittert… In meinem Hirn machen sich gleich wieder merkwürdige Gedanken breit! Kann man Waschbär essen? Zu welcher Gattung zählt ein Waschbär? Ratten? Katzen? Bären? Egal! Ich bin kein Asiat! Da brutzelt auch schon mal ein Hund in der Pfanne…

Jedes kleine Dorf hat einen Kirchturm, der über die Häuser ragt. Viele sind sich ähnlich. Ob in den Kirchen noch Leben ist? Bei uns nicht… Im Nachbardorf auch nicht…

Mich hat vorhin ein Auto überholt. Da war mein Hirn auch mal kurz weg… Auf dem Nummernschild stand HOTEL… Alter! Die Schatulle war so klein! Da konnteste noch nicht mal die Beine lang machen! Wer, bitte schön, soll sich denn da einmieten? Da drin kannste gar nichts…

Nachts, auf der Heimfahrt ist es auch romantisch. Ich fahr in den Süden. Die Nächte sind fast sternenklar… Am Himmel sind ein paar Wölkchen. Nebelschwaden steigen aus den Feldern hoch. Die Lärmschutzwälle an der Autobahn dampfen in die Nacht. Am Horizont ist ein Lichtschein. Der strahlt weit ins Land. Noch 10km… Dann erkenne ich, dass es die Fackel von unserem Chemiewerk ist. Das ist so schön! Die Flamme sticht wie ein Feuerball durch die Dampfschwaden vom Kohlewerk! Ich bin bald zu Hause! Das Panorama ist atemberaubend. Wir haben einen Technikpark an der Autobahn. 2km vor meiner Ausfahrt. Der Absetzer, der da steht, ist eingehüllt von der nächtlichen Dunkelheit und der Wärme der Fackel... Ich würde das so gerne fotografieren. Vorher müsste aber mal jemand staubsaugen... Die vielen LKW wirbeln zu viel Dreck auf...

Meine Strecke, über die alte Tagebaukippe, ist auch immer mal aufregend. Jetzt ist wieder Bewegung in den Büschen... Füchse, Karnickel, Wildschweine... Im Dunst der Nacht kannste meistens nur erahnen, was da vor dir gewackelt hat. Mit dem großen Licht muss man bei Gegenverkehr auch sparsam sein... Aber mit den Jahren weiß man, wann die Viecher laufen und wo die aus dem Straßengraben hüpfen! Rehe sind recht lustig! Die stehen meistens etwas näher am Feldrand und grasen... Nachts? Sind die blöd? Warum fressen die nicht am Tag, wenn das Grünzeug ein bisschen angewärmt ist? Die verderben sich noch den Magen... Wenn man dann kurz vorher das große Licht anmacht gucken die dich an und machen Licht mit den Augen zurück... Wenn du dazu hupst, stürzen die völlig ziellos und verstört über den Acker und zeigen dir ihre Zielscheibe. Schade, dass ich keine Flinte habe. Treffen würde ich bestimmt...

Samstag war ich zum ersten Mal in diesem Jahr Eis essen! Hab mich mit unserer Frau Hummel beim Italiener verabredet. Die sind jetzt wieder da. Endlich! Ich hab frei!! Es ist richtig April-wettrig! Sonne, Regen, Wind, Schneegriesel, kurz warm und dann wieder nass-kalt... Stehe vorm Eis-Cafe und die Italiener? Haben auch frei! Samstag = Ruhetag! Verdammt! Ich hab mich so darauf gefreut! Egal! Dann wandern wir eben in das andere Eis-Cafe! Aber da schmeckt es mir nicht so gut... Verdammt!

***

Wenn ich so zur Spätschicht tuckere hat mein Gedankenkarussell allerhand zu tun! Überall sind Veränderungen! Unser Sportlehrer vom Band hat gekündigt! Der hat in seiner Heimat einen Job gefunden. Will mit seiner Familie dahin zurück! Der Trainer bei der Physio kommt nicht mehr in unsere Gruppe. Wir hüpfen jetzt mit Bella. Ja, die ist auch cool... Ich vermisse das alte aber immer so schnell!

Meine alte Heimat regeneriert sich ganz langsam! Früher wurde hier wirklich überall nach Kohle gebaggert. Die vielen Restlöcher verändern unsere Umwelt. Jetzt nennt man sie Seen... Im Neuseenland... Schön sieht es ja aus. Aber die Geschichten, die dahinter stecken, sind alles andere als schön... In meinem Hirn tönt das Lied: „Ich bin der letzte Cowboy von Magdeborn". Country-Rock. Das war Zonen-Protest! Die vielen Dörfer, die geopfert wurden... Keiner hat gefragt, ob die Menschen, die da gelebt haben, eine Verbindung zur Historie der Region haben! Es wurde einfach umgesiedelt und platt

gemacht! Und jetzt schimmern die neuen Seen tür-
kisgrün und völlig unschuldig aus den Restlöchern.
Der Regen zieht an uns vorbei. Aber dafür haben
wir jetzt mehr Wind... Sturm...

In der Frühschicht ist das Fahren nicht schön. Oft
hab ich den Eindruck, meine Augen sind kaputt! Ich
gucke oben immer erst mal durch einen Schlitz in
der Jalousie, um die Witterung abzuchecken. Die
Laternen machen es ein bisschen hell. Du kommst
zur Tür raus und es ist kalt, dunkel und neblig... Du
fährst los, alleine... Kein Schwein ist unterwegs...
Der Nebel hängt wie ein Sichtschutz-Vorhang über
der Straße. Meine Scheinwerfer wirken wie Teelich-
ter! Ich komm mir vor, als fahr ich in ein schwarzes
Loch... Finster, wie im Bärenarsch! Bis mein Hirn
und die Augen gemerkt haben, dass es Tag ist, ist
schon wieder Feierabend! Und wenn ich nachmittags aus dem Werk komme, scheint es, als wäre nie
etwas gewesen... Die Sonne lacht dir frech ins Gesicht! „Ha ha... Dödel! Haste wieder alles verpasst..." Der Wind pfeift dir um die Ohren und die
Feierabends-Kippe geht nicht an... Ich mag diesen
Wind überhaupt nicht!

Ostern war es auch stürmisch. Wir haben vier freie
Tage am Stück. Ich weiß gar nicht mehr, wie es ist
länger zu Hause sein zu müssen... Donnerstag nach
der Frühschicht war im Dorf Osterfeuer. Klar waren
wir da! Unser Verein stellt was auf die Beine, da
kann ich doch nicht auf dem Sofa sitzen! Wir sind
zusammen mit den Rädern vor zum Vereinshaus

gefahren. Ein bisschen sitzen muss sein! Hab ja bei der Arbeit genug gestanden... Da waren so unglaublich viele Leute! Herrlich! Aus unserem Dorf, aus den Nachbardörfern, Fremde... Wir haben erst mal die Futterkrippe abgecheckt! Hmmm, Suppe! Hack-Rib und Wurst... dazu ein Bierchen! Die Kameraden von der Feuerwehr haben sich um unser Feuer gekümmert... Der Kurze musste eine ganze Stunde bleiben! Der war zwar ruckzuck fertig mit seiner Wurst, aber, he – der Held braucht auch mal Sauerstoff am Kopf! Unsere ehemaligen Nachbarn waren da. Hab mich da zum quatschen kurz aufgebaut. Der Vattti hat aber morgen nicht frei. Der wackelt für die Post und muss zur Frühschicht raus... Aber, bei all den Leuten wird dir nicht langweilig!

Hab mich mit der bayrischen Sportkollegin verabredet. Am Freitag! > Hallo? < Das machen die Italiener nicht nochmal mit mir! Heute haben sie nicht frei! Und wir hatten die leckersten Eisbecher, die man bekommen kann... Geht doch! Wir haben schön geschnackt. Die Kollegin hat sich ihren bayrischen Dialekt erhalten. Sie lebt inzwischen schon ein paar Jahre hier... Wenn die beim erzählen das Rrrrr rollt bekomme ich Gänsehaut... Ich könnte ihr stundenlang zuhören. Wir haben auch immer schöne Themen. Nicht, dass du glaubst es gibt nichts zu quatschen! Wir sind Mädels!

Mein Mann hat Besuch eingeladen. Einen seiner Kollegen. Ich kenn den Typen nicht... Ich hatte gleich ein bisschen Stress! Er hat versucht ihn mir zu

beschreiben... Danach hatte ich ein Bild von Herkules im Kopf und noch mehr Stress! Ich war total gespannt... Eigentlich hatte ich mir schon die ganze Freizeit mit Arbeit verplant. Putzen, kochen, Wäsche, Steuererklärung... Ich will keinen Besuch!
Die Helden haben sich unten, auf unserem Parkplatz getroffen. Waren nur kurz oben zum „Hallo" sagen und haben sich in den Garten verkrümelt. Gott sei Dank... Nachmittags haben wir draußen gegrillt. Das ist für mich etwas anderes. Ich kann sitzen und mein Mann macht... War ganz lustig. Der Kollege ist Rheinländer. Der hat auch einen völlig kranken Dialekt... Den zu verstehen war etwas anstrengend. Hat aber funktioniert. Wir haben relativ lange draußen ausgehalten. Im alten Waschkessel knäckert ein kleines Feuer und macht es uns warm. Es war richtig schön.

***

Diese Woche hatte ich ursprünglich Urlaub geplant. Es ist nur eine kurze Woche. Vier Tage. Aber bei so vielen Leuten können nicht immer alle zu Hause bleiben. Weil ich die Mutti bin, bleibe ich bei den Jungs! Werde ich eben noch ein paar Tage den Frühling vom Auto aus beobachten... Der Sonne beim scheinen zugucken...

Es ist so schön. Blütenbälle hängen wie Bommeln an den wiederbelebten Ästen der Bäume. Alles ist grün geworden und treibt und blüht. Rosa, weiß, gelb... Der Flieder auf meiner Strecke steht wie im Spalier an der Straße... „Macht Platz für Merkwürden!" Und zack! Noch ein Foto! He! Warum verstecken sich die Fotografen eigentlich am anderen Ende der Straße? Egal! Die kennen mich ja! Die schicken mir das teure Bild später heim. Ich genieße mal noch ein paar Meter! Bei diesem Anblick ist mein Hirn im Urlaub. Soll der Knochenkoffer doch alleine machen...

Ich hab mich lange nicht bei den Reha-Mädels gemeldet. Keine Zeit! Am Telefon checke ich immer nur kurz die Nachrichten, dann muss ich schon wieder los! Die Mädels haben mir Fragen geschickt. Die zu beantworten fällt mir einfach nur schwer... Ich leide ein bisschen unter dem Zeitmangel... Freitag hatte ich ein Päckchen an der Tür hängen. Mutter weiß, dass ich vormittags nochmal schlafe. Sie hat es gestern entgegen genommen. Wenn die Post kommt sind wir ja eh meistens nicht da... Unser kleiner Postbote kennt mich... Der weiß, wo er klingeln kann. Ich glaube, der ist der Springer, wenn unsere Dorf-Kollegin frei hat. Den mag ich richtig gerne. Der ist super freundlich und total cool. Der hat auch immer eine Hand für Garfield übrig. Der weiß, dass er gestreichelt wird und kommt dann immer angequäkt, schmiert rum und puschelt jeden voll...

Nanu? Ein Päckchen für mich? Freu... Aber... Ich hab doch gar nichts bestellt! Hab es erst mal reingeholt, ohne darüber nachzudenken und nach der Schicht direkt aufgefleddert...

Die Mädels haben mir Grüße und Urlaub geschickt! Für die Badewanne... Na dann... Mach ich Samstagabend mal Urlaub. Kann ich auf jeden Fall gut gebrauchen. Hab danach auch direkt ein Foto und ein paar Worte auf den Weg geschickt. Die denken wohl möglich noch ich bin weggezogen... Ich hab nur eben wenig Zeit... Unsere Kleine hat sich auch rar gemacht. Nach der Reha hat sie einen neuen Beruf gelernt. Sie ist von Leipzig nach Dresden bis Potsdam unterwegs... Das ist auch nicht so toll...

***

Jetzt ist wirklich alles wieder grün! Fliegerhorst „Adebar" versteckt sich hinter den Kastanienkronen. Der Weißdorn neben unserem Haus trägt sein Blütenkleid. Ich kann es kaum erwarten, dass die Robinie blüht. Dann kommt vielleicht auch der Duft von Himbeer-Limonade! Unsere Wiese wurde, glaube ich, letztes Jahr zu Tode gemäht. Jetzt ist es nur noch ein Kräuteracker... Vogelmiere, Taubnesseln, Wolfsmilch, Hirtentäschel, Löwenzahn und Gänseblümchen... Die wilden Veilchen sind im Seifenkraut erstickt... Fürchterlich! Alles um mich herum verändert sich... Dieses Jahr haben wir wohl auch einen neuen Gärtner. Zumindest hab ich den Typen noch nie gesehen! Der hat hier vorige Woche zum ersten Mal abgeackert. Grob! Ich hoffe, der versteht sein Handwerk! Aber! He! Du wirst es nicht glauben! Der erste Schmetterling ist da! Ich sitze mit meinem Sargnagel unten auf der Bank und beobachte ihn schon eine ganze Weile. Nesseln sind sein zu Hause. Davon haben wir genug!

Auf dem Weg, nachts von der Garage bis heim, höre ich die Nachtigallen rollen. Meine Nachbarn kläffen sich an, oben wird das erste Frühstück gemacht... So viel hat sich dann doch nicht verändert!

Nach der Frühschicht gehen wir zum Maibaumsetzen. Das gab es viele Jahre nicht mehr bei uns. Die Dorf-Feuerwehr hat alle eingeladen. Klar sind wir dabei! Die Kinder vom Kindergarten haben einen Maibaumkranz(?) gehisst! Als ich mir den so betrachtet hab kamen ein paar Fragen auf... Aber, ich wollte auch nichts Falsches sagen und hab den einen Vati leise gefragt, ob der Maibaum noch kommt... Der entsetzte Blick hat wirklich alle Fragen beantwortet! Nach dem zweiten Bier war er dann auch für mich schön! Hmmm, früher... Gab es auch einen Kaiser! Woher sollen denn die Kinder Traditionen kennen! Jahrelang wurde kein Maibaum mehr gemacht! Der Versuch ging, glaube ich, vor zwei Jahren wieder los! Das wird schon noch!
Ich hab es doch dieses Mal echt geschafft drei Würste zu essen! Das gab es schon lange nicht mehr!

Maibaumsetzen ist schön! Die Kameraden haben einem DJ im Gerätehaus Platz gemacht. Der hat recht coole Mucke dabei. Die Kinder dürfen mit dem Feuerwehrauto mitfahren. Es sind relativ viele Leute da. Es ist ein lustiger Abend! Und! Ich hab mal wieder einen Anschiss kassiert!

Ein Typ stand mit einem Hund da… Der sah so leidend aus… Ich hab mir eine neue Wurst geholt, ohne Mostrich. Hab ein Stück abgemacht und runter gepustet, die war ja frisch vom Grill! Hab dem Kleinen ein Stück gegeben, dann noch eins, noch eins… Ich hatte das Gefühl, dass er glücklicher wurde… Ranzt mich der Typ an: „Nicht füttern!"
Upps! Zu spät!
„Aber guck doch mal, wie der Kleine jetzt guckt."
Der Blick gefiel mir auf jeden Fall besser, wie der, den der Typ mir aufgebrannt hat! Naja…

***

Der Kurze ist auch nur zum Glück auf der Welt! Jetzt hat er Klassenfahrt. Ok! Ich kann nach der Spätschicht ausschlafen. Hab ich auch was davon… Die fahren nach Berlin. Eine ganze Woche lang! Montag früh viertel acht machen wir zu Hause los. Ich bekomme von Frau Hummel jeden Tag ein paar Zeilen. Manchmal auch das eine oder andere Bild.

Man! Wo die doch überall hingehen... Boot fahren... Kletterbergwerk... Bei Madame Tussauds war ich noch nie! Stelle ich mir auch direkt ein bisschen gruselig vor! Kalte, bewegungs- und regungslose Wachsfiguren ohne Emotionen! Das ist für mich wie Gespensterbahn zum durchlaufen... Ein bisschen neidisch war ich, als die Bande im Hard-Rock-Cafe abgestiegen ist. Videoclips und Life-Acts... Für so etwas bin ich auch zu haben... Ich muss mir keine Gedanken machen! Ich durfte ja ausgeschlafen zur Arbeit! Ist auch immer ein bisschen wie Hardcore!

Bin in den Pausen mit Keule am labern... Der scheint Probleme zu lieben! Der war schon wieder beim Pfeffi-Klempner! Zwei Stunden auf dem Stuhl... Ich hab, alleine vom zuhören, schon eine Maulsperre! Mir schwitzen die Hände, obwohl es doch nur seine Probleme sind! Man, ich bin total sensibel! Ich halte es niemals länger als 10 Minuten aus! Der hat dort inzwischen so viel erlebt... Der erzählt mir die ganze Woche seine Geschichten! Wir können uns über alles unterhalten und kaputt lachen... Wir kennen uns jetzt schon so lange!

Freitagmittag sind die Kinder wieder zu Hause angekommen. Abholen konnte ich den Kurzen nicht... Ein Papa vom Schulkollegen hat ihn mitgenommen... Ich fahr los zum Arbeiten und der Kurze schlüpft direkt an seinen Rechner und bekommt um sich herum nichts mehr mit! Samstag hab ich versucht ihn auszuhorchen. Glaubst du der erzählt mir was? Nicht ein Wort! Zur Strafe musste er mitkommen zum einkaufen! Der braucht schon wieder längere Klamotten!   Jetzt weiß ich aber endlich, wo meine viereinhalb Zentimeter sind!!

***

Hüpfen, laufen und hampeln reichen dann doch nicht aus!

Ich war mal wieder beim Doc! Letztens war er nicht da... Dieses Mal auch nicht! Und nun...? Mir brummt der Balg... Todesmutig bin ich in die Praxis gegangen! Die Arzthelferin sagte: „Die Ärztin hat sich krank gemeldet!" Na toll! Und nun? Ich hab ein schlechtes Gewissen. Komme mir vor wie ein Doktor-Hopper!   Bin ins Nachbardorf gefahren. Den Doc, der heute dort war, kannte ich auch wieder nicht...
Verdammt! Was ist denn hier nur los?
Egal! Hab mich angemeldet und gewartet.

Die Tomate an meinem Hals entwickelt sich wohl zum Kürbis...

Ich weiß nicht, was mich mit diesem fremden Doc nun wieder erwartet. Mir schwitzen die Hände. Ich kann auf dem harten Stuhl kaum sitzen. Mir schwirren Gedanken im Kopf rum... Ich schiebe die totale Panik! Gott sei Dank darf sich mein Hirn aber eine ganze Weile darauf vorbereiten.

Ich wurde aufgerufen. Schnipse hoch... Ein stechender Schmerz zieht mir die Beine runter... Ich hab zu lange gesessen... Verdammt! Aber wieder hinsetzen kommt gar nicht in Frage!

Ich bin ein bisschen neugierig. Wer ist das, der gerufen hat?

Die Tür zum Behandlungsraum ist leicht offen. Ich guck erst mal vorsichtig rein. Ok, Glück!

Dort sitzt ein älterer Herr, mit schönen weißen Haaren und fragendem Blick... Er hat eine ziemlich laute Stimme. Hoffentlich ist er nicht schwerhörig! Aber vorhin, als ich herkam, stand er unten auf dem Parkplatz und hat sich mit einer Frau ganz normal unterhalten... Ach der ist das...

Ich versuchte mein Problem zu erklären. Er stellte mir verschiedene Fragen. Dann hat er mit mir den Hubschrauber gemacht. War zwar ein bisschen unangenehm, aber was muss, das muss! Der scheint lustig zu sein! Jetzt ging es ans Papier! Ein paar Tage frei! Neue Ibus und ein Physio-Rezept...

Gott sei Dank! Ich hab es überlebt! Ich bin zur Tür raus geschnipst und die Treppe runter... Ich hab zwei lange Ruten im Alfons und auf meinen Schuhen ist ein Gaul! Klar bin ich flink!

Zu Hause hab ich meinen Meister angerufen. Der muss damit ja planen! Nee, gefreut hat er sich nicht! Später bin ich in die Physio-Praxis gefahren, in der ich immer noch „Sport" mache. Die Kleine am Schalter hat im Kalender geguckt, wann ich Termine haben kann... Jetzt ist erst mal alles voll.

„Hast du einen bevorzugten Therapeuten?"
(Was? Ich darf mir was aussuchen?)
„Nöö! Egal, wer es mir macht! Hauptsache, der macht es gut..."
„Manuelle Therapie" stand auf dem Zettel.
„Was ist denn das? Das hatte ich, glaube ich, noch nie..."
He! Ich hab meine Frage ganz leise über den Tresen gehaucht...
Sie grinste mich an. Holte aus und machte Kung Fu, mit Geräuschen, die meine Hände direkt freundlich winken ließen.
„Ach du lieber Herrngesangsverein..."
Jetzt hab ich wieder Kopfkino!
Als Behandler steht ein Frauenname auf dem Terminzettel. Ich muss doch wissen, was da passiert... Ob ich mich vorbereiten muss, um zurück zu schlagen, wenn es in den Pudding haut...
Egal! Ich hab ja noch zwei Wochen Zeit...

***

Ich werde dann erst mal die freien Tage zum auskurieren nutzen! Eigentlich war Frühling mit frühsommerlichen Temperaturen angesagt. Aber draußen ist es arg windig. Die 13 Grad sind auch noch nicht so toll. Ok. Es ist besser wie Herbst. Aber ich will jetzt endlich auch mal ein bisschen richtige Wärme! Der blöde Wind pfeift durch die Knopflöcher und kriecht in jede Jackenöffnung. Es hat in der Nacht auch drei Tropfen geregnet... Wir müssen zum Auto! Wir müssen über die feuchte Wiese! Ich bin viel zu faul außen rum zu gehen! Wie ein Storch im Salat steige ich über die nassen Grashalme. Zum Glück kann ich mit den langen Schuhen genug Platz freitreten... Gedankenkarussell... Ich könnte bei der Feuerwehr anheuern! Meine Latschen eignen sich zur Flächenbranderstickung! Australien kann sowas sicher gebrauchen! Da wollte ich schon immer mal hin... Ich glaube, dort ist es auch wärmer als hier! Nach Amerika will ich nicht! Ich kann Trump nicht leiden! Und Waschbären haben wir inzwischen selber...

Der „Kurze" hat heute mal eher Schulschluss. Der wollte eigentlich mit dem Bus heimfahren. Aber wegen dem Ausfall verschiebt sich sein Plan. Der geht gerne mal einkaufen, wenn er alleine ist. Heute müsste er zwei Stunden auf den nächsten Bus warten. Also hole ich ihn am Einkaufsladen ab. Hab gleich Pizza mitgenommen, wenn ich schon mal da war... Gucke, in der Schlange wartend, zum Fenster raus... Da sitzt er. Langweilt sich. Der hat das kleine Auto erkannt und rührt sich nicht vom Fleck... Ich fragte, warum er denn nicht im Laden war... Spricht er: „Ich war doch schon drin! Bist du blind?" Der ist so lang... Keine Ahnung, wie ich ihn übersehen konnte! Meine Augen brauchen wohl mal eine Mütze Extra-Schlaf! Oder... Andere Idee... Ich geh zur Augenärztin und lass die Augenringe wegmachen... Die sind so dick und schwarz, wie Autoreifen... Ist ja kein Wunder, dass ich nichts sehe! Allerdings fällt es mir schwer zu beschreiben, was ich meine. Die Menschen um mich herum haben wohl einen anderen Sinnverlauf für Worte... Ich werde sooft missverstanden... (Grins) Aber ich liebe mein kleines, wirres Hirn! Mir fällt so viel an Bildmaterial bei den Wörtern ein... Kopfkino gibt es für lau!

Digger hat sich als Spanner gemausert! Der lebt jetzt das vierte Jahr bei uns. Kennt uns inzwischen in- und auswendig. Der ist immer da! Überall! Der mustert dich mit einem Blick... Von oben bis unten... Zum Glück hat er Fell. Da sieht man nicht, wenn er rot wird. Willste aufs Klo, steht er schon erwartungsvoll da... Gehste in die Küche, steht er neben dem Kühlschrank und eult dich an! Nachts sitzt er, gefühlt, an jeder Tür... Der guckt dich an, dass du nicht schlafen kannst! Du bleibst quasi automatisch wach um einen Angriff abzuwehren! Ich glaube, der weiß auch, warum wir unter einer Decke liegen! In regelmäßigen Abständen springt er aufs Bett und macht uns den Abstandshalter... Wenn er merkt, dass wir uns bewegen, springt er zwar runter und dreht sich dezent weg! Aber, wenn du mal hinguckst, siehst du, wie der dich schon wieder mustert!

Also, wenn du mal zu Besuch in eine Katzenwohnung kommst, solltest du immer eine Blumen-Sprüh-Wasserflasche dabei haben! Sonst hast du verloren!

***

Wirklich mutig bin ich ja nicht! Freitag ist der schönste Tag der ganzen Woche! Auf den warte ich am Montag immer schon! Heute hat der Kurze um 12 Schluss! Der Doc hat mir frei gegeben. Ich bin da. Ich hab Zeit! Hab ihn abgeholt und auf dem Weg zum Auto ein Mäppchen gefunden. Da waren Autopapiere drin... Oh! Die muss ich abgeben! Aber mittags um 12 hat das Fundbüro schon zu! Dann bring ich sie der Frau eben heim! Steht ja 'ne Adresse drin! Der Kurze hat so geningelt und gedrängelt. Ich musste ihn erst mal nach Hause fahren! Ok, dann kann ich gleich noch Wäsche aufhängen. Die lahme Maschine hat es auch endlich geschafft. Muttern anrufen: „Brauchst du was? Willst du mit?" „Ja. Klar! Ich bin dabei!" Wenn die alte Frau mitkommt, dauert es... Ok, gesagt, getan... Hab sie am Einkaufsladen abgesetzt und weiter. Zu der Adresse von der Frau, deren Papiere ich hatte... Geklingelt... Keiner da... Dann musste eben den Briefkasten benutzen... Egal! Ist ja nicht meins... Fahre zurück. Hab den Mädels in der Physio-Praxis heut Mittag schon gezeigt, wie lecker das Eis vom Italiener ist... Die haben, glaub ich, direkt Appetit bekommen. Es ist jetzt gegen eins... Ich hab mich absolut sicher gefühlt! Hab ihnen ein Eis gebracht. Bin nochmal zurück und hab für mich noch eins geholt. Ich muss ja eh auf Muttern warten! Pflanz mich auf den Grenzstein am Parkplatz, bisschen in die Sonne und genieße... Denke an nichts... Guck mir die vorbei fahrenden Autos an... Da kam auch ein Typ mit einem Moped! Alter... Der Spacko hat seine Zwie-back-Säge gequält! Die hat gejault und gequalmt! Ich hatte schon richtig Schmerzen... Schieb mir das Löffelchen wieder in den Hals und lasse meinen Blick weiter schweifen! Sehe ich doch glatt den Kno-chendoc! He! Der hat um 12 Feierabend! Jetzt ist es nach eins! (Den hat wohl keiner geweckt?) Ich war sicher, dass ich da sitzen kann! Hab ich mich wieder erschrocken... Aber jetzt nicht so wegen Hecke... Nee! Ich saß draußen! Zu nah am Weg! Der grüßt höflich, wünscht mir im Vorbeigehen einen guten Appetit... Mir kamen nur ein „Moin" und „hmmm" aus dem Kopf! Der hat so `ne tiefe Stimme! Alter! Wenn hier jemand `ne tiefe Stimme hat, dann bin ich das... Ich hätte fast mein Löffelchen verschluckt... Wovor hab ich eigentlich immer noch diese Panik? Der kann ja sogar schmunzeln! Hat der vom Clown genascht? Vielleich versteht er ja inzwischen auch Spaß? Egal... Vor dem Typen schieb ich Panik!

***

Samstagabend kam mein Mann aus dem Garten heim... Nennt mir einen Namen und fragt MICH: „Sagt dir der Name was? Kennst du den?" He... Ich bin hier quasi ein Ureinwohner! Natürlich doch! Das war mein Uropa! Grins! Wieso kennst du den denn nicht? Ok! Der war schon tot, als mein Mann hergezogen ist... Das ist ein Argument! Der hat unseren Gartenverein damals mit gegründet. War da der erste Vereins-Chef. Jetzt ist mein Mann der Garten-Chef... Der inspiziert hin und wieder die vereinseigene Laube... Findet da ab und zu mal ein paar Papiere von früher... Ich kenne noch viele von den alten Geschichten... Aber, wenn er etwas wissen will, muss er schon fragen! Das ist mein altes Leben!

Sonntag wird Europa gewählt! Die Politiker sind so altmodisch und verstaubt... Beim anpusten stehen bzw. sitzen die direkt in einer dicken Staubwolke... Wetten...? Aber, wenn ich mir etwas aussuchen darf, dann bin ich dabei! Ist klar! Wir sind mit den Fahrrädern vor geschuckelt... Vier Zettel!! Rosa, gelb, hellblau, grau... Vorsichtshalber hab ich meine Augen mitgebracht! Bloß gut! So viele Namen! So kleine Schrift... Die Wahl-Kabinen sind ein bisschen eng. Die Zettel sind ellenlang bzw. breit... Boah... Ich brauch gut fünf Minuten! Unser Wahllokal ist im Vereinshaus. Warum nennt man so einen trockenen Ort eigentlich Lokal? Ebenso der Begriff „Wahlurne"? Rauchen im Haus ist verboten! Ist das Ding danach direkt zum Einäschern? Egal... Ein paar von den Leuten und die Programme kennen wir. Manche mag ich auch! Die kreuze ich an. Einige mag ich überhaupt nicht, die bekommen kein Kreuz! Ich darf das entscheiden! Sieht ja auch keiner!

Ich hab mich mal wieder mit meiner bayrischen Sportkollegin verabredet! Wir wollen uns Montag beim Italiener treffen... Wenn ich den Kurzen „entsorgt" hab... Sie hat jetzt im Gartenverein, in der Kleinstadt, ein paar Freunde gefunden... Dieses Jahr hat sie unglaublich viel Gemüse angebaut... Sie schickt mir immer mal Fotos. Ich sollte ihr vielleicht ein bisschen Karnickeldraht mitbringen, dass sie es vor sich schützen kann! Alter! Warum gibt es eigentlich keine Schnitzelbüsche? Dann hätte ich meinen eigenen Garten... Oder Kippenbäume und Biersträucher... Es könnte sooo schön sein, an der frischen Luft! Sogar mit Bewegung! Schubkarre, Spaten... Egal!

Es gibt Situationen, die verstehe ich wirklich nicht! Ich bringe den Kurzen früh zur Schule. Ist klar! Da geh ich auf Nummer sicher, dass er auch wirklich ankommt... Manchmal schaltet die Ampel auf Rot. Warten... Meistens kann ich die Zeit nutzen... Heute Morgen war schon rot. Ich zieh mein Taschentuch raus, entfalte es... Es wird grün. Ich muss los... Ich bin ein bisschen irritiert und sage: „Kind, halt mal! Ich muss schalten!" Ich glaube, er wollte seine Hand gerade ausstrecken. Sag ich: „Kannste mir mal helfen? Ich brauch die Hände zum Fahren!" Guckt der Kerl mich ungläubig an... „Neiiin!" „Wie jetzt?" „Ich will das nicht!" „Das versteh ich nicht! Ich hab das früher sooft für dich gemacht! Du wirst mir doch mal helfen können!" „Neiiin!" „Warum?" „Ich hab Kopfkino!" „Aber zwischen Schnodder und Fingern ist doch das Tuch! Ich dachte immer, du

liebst mich!" "Ich will das nicht…!"
Ich hab so gefeiert! Das hat für sieben Kilometer gereicht! Ich hab auf dem Parkplatz noch gelacht… Da hatte er es dann aber unglaublich eilig! Der ist losgestürzt. Ich war doch inzwischen fertig… Das versteh ich nicht…

***

Wir haben bald wieder Dorffest! Das Jahr vergeht so rasend schnell! Nicht mehr lange, dann ist schon wieder Weihnachten!

Himmelfahrt machen wir es uns erst mal im Garten gemütlich. Die alten Traditionen gibt es seit ein paar Jahren nicht mehr. Früher kam ein Schulkollege mit seiner alten Lanz aus dem Nachbardorf. Der hat die Kumpels eingesackt… Hatte den Wagen mit Birke geschmückt, schön, mit Musik und Gegröle. Lustige Männer sind mit Fahrrädern, mit aufgebundenen Birkenästen, durch die Dörfer gefahren. Von einer Kneipe in die nächste… Wir haben keine Kneipen mehr! Ich vermisse das alles.

Wir wollen grillen. Frau Hummel kommt mit ihrer Freundin vorbei… Die beiden waren im Nachbardorf zum Gottesdienst. Haben noch einen Abstecher an die Lagune gemacht. Dort schippert ein Kalkschiff. Der Tagebausee übersäuert…

Der Tag begann wunderschön. Der Himmel sieht aus, wie gemalt. Die Sonne scheint. Es ist warm. Wir haben Käffchen draußen getrunken. Haben ja alles da. Wir haben wirklich alles da! Sogar Deo. Das hat mein Mann auf einem Küchenschrank entdeckt. Hat sich gleich eine Lage aufgesprüht... Alter! Keine Ahnung, wie alt das schon war! Das hat total nach Essig gemuchtet! Er musste sich zu Hause erst mal waschen und umziehen... Ekelhaft! Er führt die Damen durch seinen Garten und ist mächtig stolz. Der zeigt das immer alles gern. Ist ja auch ein Haufen Arbeit. Im Radio läuft ein bisschen Party-Mucke. Nicht zu laut, dass es nicht nervt. Bis gegen Acht haben wir draußen gelacht und gescherzt. Dann wollten die Mädels aber wieder heim. Solange es noch einigermaßen hell war. Der Kurze hat sich auch raus getraut... Naja, ok, der musste! Abendessen gibt es nur hier. Der hat Hunger! Abends hören wir den Stollberg! Der lässt es immer krachen! Guns `n` Roses, AC/DC, Motorhead, Black Sabbat... Genau mein Ding! Es hat sich leicht zu gezogen, regnet auch drei Tropfen... Egal! Wir haben ein Dach, wenn es mehr werden sollte.

Ab Freitag ist Dorffest! Der Freitag ist für die Jugend! Die müssen sich von den alten Leuten abnabeln... Die müssen auch mal was alleine dürfen! Wir waren noch nie am Freitag vorne! Aber, mein Mann hatte Lust zu quatschen und so... Dann gehen wir eben mit. Vielleicht ist es ja doch nicht so wild. Ein paar Hits von heute kennen wir auch... Aber unsere Jugend schläft wohl schon! Sehr vorbildlich! Wir haben wieder sooo lecker Futter bekommen. Der Kurze ist peinlich berührt, als ich ihn fragte, ob ich seine Pommes rot machen soll... „Nee..." Egal! Dann muss er sie eben so essen. Wir haben dieses Jahr auch wieder eine Schießbude. Yeah! „Mutti? Wollen wir eine Challange starten?"

„Das ist doch nur mit Pfeilen! Darts mag ich nicht! Ich will eine richtige Flinte!"

„Guck doch mal! Die geben uns sowas wie eine Armbrust dazu!"

„Ok! Na dann... Versuchen wir es mal."

Morgen wird unser Tag! Wenn die Arbeit getan ist, setzen wir unseren Wettkampf fort!

Ja. Eine Hand voll Männekens ist da. Aber die stehen draußen rum und labern... Ich hab ein paar Freunde entdeckt. Ich bin dann mal weg! Ich geh quatschen! Der Wolf ist da. Mit ihm und seiner Schwester hab ich früher „Schule" gespielt. Der ist einen Kopf kleiner als ich... Das war mir nie wirklich bewusst... Ich hatte ihn höher in Erinnerung... Egal! Mit dem Wolf bin ich auf die Tanzfläche. Der hat seinen Jungen begleitet. Ist mir doch wurscht! Wir haben das Zelt gerockt. Unser cooler DJ hat dieses Jahr wieder die coole Mucke aufgelegt. Das gefällt uns! Ich bin ja mal gespannt, wie es Samstag wird. Wenn die Großen da sind...

***

Samstag ist der richtige Tag fürs Dorffest. Beim Aufgaben verteilen war ich dieses Jahr mal nicht dabei. Ich hatte Spätschicht. Egal! Mein Auftrag ist die Tombola. Ich bin für die Kinderpreise zuständig. Inka und die Bäuerin machen die Preise für die Erwachsenen. Nieten gibt es keine! Wie immer! Aber richtig tolle Preise. Spiele, Rucksäcke, DVDs und Puzzles für die Kinder... Für die Großen gab es Kristallgläser, Kuscheldecken und lauter so Sachen... Ich hab den Kurzen eingespannt. Der kann sich mit einbringen. Der mag zwar fremde Leute nicht. Aber, wenn er sieht, dass die Kinder sich freuen... Das macht ihn ein bisschen stolz. Wir haben bis um fünf fast alles verteilt. Dann konnten wir wegräumen und uns ins Getümmel stürzen. Wir haben lecker Futter geholt, die ersten Getränke... „Mutti, wir müssen noch mal an die Schießbude!" Ich hab kurz geguckt. Der mutige Mann war noch am Leben! „OK! Geht los! Wieder eine halbe Stunde... Wieder hat der Dicke zwischendurch neue Ballons aufgehängt. Wir haben auch wieder die Punkte mitgenommen... Später gehen wir noch mal. Aber dann hatte ich es satt! Der Kurze hat seine (unsere) Punkte eingelöst... Jetzt hat er endlich wieder ein Kindergewehr! Mit Plastikkugeln... Der ist dann auch zügig heim getrabt. Der Rechner wartet! Ich hab mich mit meinen Namensvetterinnen breit gemacht. Wir besetzen direkt die erste Sitzgarnitur vor der Bühne. Wir sind zusammen in die Schule gekommen. Haben das letzte Klassentreffen noch mal Revue passieren lassen... Schade, dass unsere

Schulkollegin nicht da war. Die hatte eine Operation... Die Schmerzen sind wohl noch zu groß! Sonst ist sie immer dabei. Mit ihrem Freund... Oder sind die beiden gar nicht zu Hause? Hab ich vor lauter Aufregung vergessen... Wir haben wieder schön gelabert.

Der Wolf ist mit seiner Frau zu gegen. Die zwei sind auch ein lustiges Pärchen. Hab ihn kurz in den Arm genommen, den Kleinen. Heute macht er total einen auf schüchtern... Hat er ein schlechtes Gewissen? Hat er gestern nicht erzählt, dass er mit dem Kind da war? Egal!

Meine Freundin hat ihren Mann mitgebracht. Den hab ich noch nie gesehen. Auch egal! Der bringt sie später nach Hause, trinkt nur Cola, ohne Spaß... Er muss ja noch fahren! Wir haben schön abgefeiert! Ich hab meine Jacke zu Hause vergessen. Gegen neun bin ich heim. Der Kurze saß an seinem Rechner... „He, Langer! Komm! Wir gehen Abendbrot essen!" Der hat gezuckt! Der war total in sein Spiel vertieft, hat gar nicht mit bekommen, dass ich da war! Zwischenzeitlich war der Party-Act! Der Wald-Toni! Den haben wir verpasst! Aber, ich finde das auch nicht sooo schlimm... Schlager ist nicht meins! Der hat den Ötzi nach gemacht... Hab ich unterwegs gehört... Nach dem Essen war der Kurze dann auch schnell wieder weg! Ist aber ok. Dann muss ich nicht aufpassen, dass er Blödsinn macht. Mein Mann hat heute nicht wirklich Bock auf Party. Der war nur mal kurz da. Zum Essen... Egal! Ich mag Dorffest. Ich treffe eh das halbe Jahr niemanden... Wir haben auch wieder schön lange ausgehalten. Mädels sind eben stärker! Und unser Jahrgang hatte viel gutes Material!

***

In der Spätschichtwoche ging es direkt stressig los. Montag früh, meine erste Physio-Einheit! Ich hatte schon das Muffensausen, als ich rein kam! Ich hab doch den ganzen Kram verdrängt! Jetzt geht das wieder los... Dieses Mal kümmert sich Maika um mich. Die ist sehr nett. Sie hat mich mit einem freundlichen Lächeln am Platz abgeholt. Sie hat auch direkt angefangen mich auszuhorchen. Wo ich denn arbeite, was mein Problem ist... Warum sind die Menschen um mich herum eigentlich alle so neugierig? Hab ihr ein paar Infos gesteckt. Das muss dann aber reichen! Sie kann ja in „meine Akte" gucken! Der erste Trainer hat alles aufgeschrieben und gesammelt... Sie hat mich auf ihrer Pritsche platziert, auf dem Rücken liegend! Mein Hirn ist bereit! Ich erwarte den ersten Hieb... Sie drückt ein bisschen in meinen Nacken. Sie hat schöne, kleine warme Finger. Ich warte immer noch auf den ersten Hieb! Ich liege, wie ein Brett, voll konzentriert auf die Wärme und warte! Dann war die Zeit um... „Das könnte eventuell noch ein bisschen nachwirken!" (?) Ich hab den ganzen Tag darauf gewartet! Mittags bin ich zur Bewegung in die Praxis gekommen. Ich warte immer noch auf die Nachwirkung! Auch später dann, bei der Schicht! Nichts!

Ich brauch neue Arbeitsschuhe! Bin am Dienstag vor der Schicht in unser Lager…

Man, bis ich das gefunden hatte! Der Planet prasselt von oben, da kriegste nach fünf Minuten unterwegs schon einen an der Waffel… Zweimal bin ich vorbei gelatscht! War aber auch kein Wunder! Das Schild im Fenster war von der Jalousie überdeckt…

Mit der Frau da drin hatte ich auch ein lustiges Gespräch! Ich wollte doch nur ein paar neue Knobelbecher… „Wissen sie welche Größe sie brauchen?" Was war das denn für eine Frage? „Natürlich! Ich hab immer 44!" „Oh! Das ist aber groß für eine Frau!" „JA! Das ist nicht nur groß, das riecht auch so!" „Wollen sie die neuen Schuhe vorsichtshalber mal anprobieren?" „Klar! Wenn sie stark genug sind, schlüpf ich da kurz rein!"Die arme Frau hat schon etwas verängstigt geguckt. Aber, es war ja noch vor Schichtbeginn! Da kommen noch keine Wolken!

***

Mittwoch war wieder Physio. Gleich früh, nachdem ich den Kurzen an der Schule abgeliefert hatte. Ich hab Maika erzählt, dass ich sooo lange auf die

Nachwirkung gewartet hab, dass da nix passiert ist... Sie meinte nur: „Ja. Bei einigen ist es so, bei anderen so..." Ok! Dieses Mal hat sie mich auf dem Bauch liegend bearbeitet. Ich bin wieder so ein bisschen unruhig. Ich musste mein Gesicht in die Liege pressen. Ich hab doch hinten keine Augen! Aber es hat wieder keinen Hieb gegeben. Es war ein bisschen, wie bei Katharina im Betrieb. Aber diese Zauberfinger hat Maika nicht... Dafür hab ich jetzt wieder Hausaufgaben! Kuscheln mit der Wand! Muskeln dehnen! (?) Das ist so doof. Zum Glück sieht es keiner!

In der Pause sitze ich mit Keule im Raucherquarium. Der erzählt von seinem Termin beim Pfeffi-Klempner und der neuen Beißreihe... Der durfte mal zur Probe reinschlüpfen, kam sich vor wie ein Pferd! Hab ich gefeiert! Ich hatte sofort Bilder im Kopf! Der Kurze hatte früher mal Kaninchen. Die Heuraufe liegt noch in der Garage! Die könnte ich ihm mitbringen... Herrlich! Keule wollte wissen, was ich für Schuhe bekomme! Hab ihm erzählt, dass es Tanzschuhe werden. Dass er sich schon mal warm machen kann! „Wenn die da sind, bist du fällig!" Der grinst mich mit einem breiten Lächeln an. „Das kannste gleich vergessen, Fräulein!" „Warum haste denn nicht die mit den guten Einlagen bestellt? Da kannste besser laufen!" „Nee du! Die gab es nicht in rosa! Ich bin nichts Besonderes! Die Prinzessin hier bist immer noch du!" Da hab ich wieder was gesagt! Aber bei der Wärme in der Halle hat man schon mal eine weiche Birne. Da kommen dir noch ganz andere Worte aus dem Mund! Und Bilder ins Hirn...

Donnerstag nach der Schicht haben mir die Mädels in der Umkleide ein Empfangs-Spalier bereitet. Mona und Cora saßen neben meiner Schwimm-Kollegin. Die haben über Mädels-Schlappen geredet. Mona hat solche Teilchen zum Autofahren an. Ich könnte damit noch nicht mal laufen. Wir sind auch irgendwie auf Anziehsachen und so einen Kram gekommen. Ich meldete mich zu Wort. „He. Ich hatte auch mal ein Kleid an und hohe Hacken!" Die Mädels gucken mich von oben bis unten an und schmunzeln... „Also, ohne Foto! Das glauben wir nicht! Wie alt warst du da?" Ich guckte zurück wie ein Eichhörnchen... „14! Zur Jugendweihe! Leute, ich kam mir vor wie ein Huhn auf dem Mist! Mit dem Kittel... Ich habe es gehasst, noch bevor ich da drin gesteckt hab!" „Aber nach der Feier durftest du das doch gleich wieder ausziehen, oder!?" „Nee! Aber ich bin auch nicht mehr vor die Tür gegangen! Das war mir so peinlich!" Meine Mädels würden das gerne auf einem Bild sehen! Aber, ich glaube, ich hab keins! Nee! Ich würde das auch niemandem zeigen! Das ist so peinlich! Ich stehe und laufe, wie ein Bauer! Nee! Aus!! Böse Gedanken!

***

Keule hat unseren „alten Kollegen" in der Umkleide getroffen. Richtet mir Grüße aus und erzählt, dass der schon wieder was anderes macht. Man, ist das aufregend! Der kommt ganz schön rum! Ich hab ihm um Ostern rum mal eine Nachricht geschickt. Ich wollte, dass er uns mal wieder besucht. Der hat ja nun auch noch die Schicht gewechselt... Nach Ostern war er kurz da. Zumindest für mich... Hab ich mich was gefreut... Ich musste erst mal schreien! Bummi war als Begleitschutz mit. Der musste mich kurz auslösen, weil ich in dieser Runde im Takt stand. Wir hätten ein Käffchen trinken und in alter Manier ein bisschen rum blödeln können! Gott sei Dank ist er doch nicht so ganz erwachsen geworden, nach seiner Hochzeit! Und nun? Sehen wir uns gar nicht mehr! Ich hab ihm kurz was gegeben und bin in meinen Takt zurück. Bummi hat die Sache mit dem Käffchen übernommen und ein bisschen gefachsimpelt. Schade, dass wir nicht mehr zusammen sind! Wir waren mal so ein lustiger Haufen Durchgeknallte... Meine Lieblingskollegen, Keule, Bummi, der „alte Kollege", unser Ex-Meister... Wir sind nicht mehr viele von der alten Garde. Ich vermisse diese schönen Zeiten total.

Montag hab ich Sport-Urlaub. Zum letzten Mal! Gott sei Dank! Jetzt gehört der Montag wieder mir! Mein Nachfolger hat heute seine erste Runde. Herrlich! Feiertag für mich! Wir waren die ersten oben. Sitzen, wie die Deckchen und warten auf die Kollegen. Aber ich kann das Maul nicht halten! Ich hab den Typen eine Weile angeglotzt. Ich glaube, der kam sich schon ein bisschen komisch vor. Egal! Hab angefangen ihn zu löchern. Wie er heißt, wo er wohnt, was er arbeitet, warum er hier ist usw... Am Anfang tat er völlig überfordert. He! Das ist immer noch mein Apfel! Ist mir doch wurscht! Ich hab ihm zwei drei Infos von mir gesteckt, dann ist er aufgetaut. Irgendwann fragte er, ob ich auch Rücken hätte, was mit uns da gemacht wird... He! Ich kann echt überzeugend gucken! Ich hab meine ernste Miene aufgesetzt und erzählt, wie man gestriezt und gejagt wird! Ich sagte, kurz bevor die ersten Kollegen eintrafen: „Ich hatte mal 118kg. Als ich hier angefangen habe. Wenn die Trainer mit dir fertig sind bist du nur noch die Hälfte! Guck mich an! Dann siehst du, was passiert!" Der Typ guckte etwas befremdet und meinte, ein bisschen ist ja ganz ok. Aber... Ich glaube der hat es mit der Angst bekommen. Der hat dann nicht mehr mit mir geredet. Egal!

Der Kurze fährt diese Woche mit ein paar Schulkollegen nach Krakau. Bildungsreise. Ich bin total gespannt, wie es läuft. Wir erwarten die erste große Hitzewelle. Temperaturen, jenseits der 30 Grad-Marke und kein Regen. Hab mir direkt die Prognose für Polen aus dem Netz gezogen. Dort werden 2 Grad weniger erwartet als bei uns. Naja. Ich konnte mich, Dank meines Sport-Urlaubes, von der Mannschaft verabschieden. Frau Hummel hat mir schon die ersten Bilder, noch von unterwegs, geschickt... Das ist ja sooo aufregend. Ich bekomme die ganze Woche Infos und Bilder. Auch vom Essen. Der Kurze ist echt mutig. Der probiert von allem, was es gibt. Ok, vor dem gefüllten Hackbraten hat er sich geekelt. Den hat er probiert und an einen der mitgereisten Vatis abgegeben. Ich wäre, glaub ich, verhungert. Manche Sachen sahen echt komisch aus... Aber, der hat sich gut gehalten. Er konnte sich auch ein bisschen entspannen. Auf der Terrasse vom Hostel... Im Schatten... Ich konnte es genießen, während der Frühschicht-Woche zeitig ins Bett zu gehen. Ich kann zwar kaum liegen, geschweige schlafen... Aber, ich bin aus der Mitte!

***

Die letzte Schulwoche ist schnell vorbei. Ich hab Spätschicht. Es ist zwar immer noch ziemlich warm. Aber neulich hat es ein paar Tropfen geregnet. In der Luft ist ein bisschen Sauerstoff.

Mein Meister kam, mit strahlendem Gesicht, zu mir. Ich stand in dieser Runde endlich mal wieder im Takt, am Tank... „Heike! Ich habe dir ein Geschenk auf deinen Platz gelegt." Ich war total aufgeregt. Was hat er denn für mich? Ich liebe Geschenke! Meine neuen Schuhe sind da! Freude! „Keule! Lauf dich warm!!! Diese Woche bist du dran!" Aber der grinst nur...

Ich beobachte die Kollegen gern, mit denen ich mir den Weg zur und dann die Autobahn teile. Neulich fuhr da ein dunkelgrüner Bus. Mit blauen Partylichtern oben drauf. Die waren aber aus. Komischer Bus, dachte ich so... Die Fenster sind viel zu hoch und zu schmal zum rausgucken! Abgedunkelt sind sie auch... Lichter sind aus... (?) Was haben die wohl für eine lahme Party da drin? Hoffentlich funktioniert wenigstens innen die Disco-Kugel... Aber, wenn die auf dem Weg nach Dresden sind, wird es schon lustig sein...

Die Tage werden jetzt wieder später hell. Blöde Zeit-Umstellerei! Keiner gibt mir die Telefonnummer von Putin! Die steht auch nicht im Netz!

Ich fahr früh nicht mehr auf der Tagebau-Straße. Die Baustellen regen mich so auf! Achtgeben, einordnen, Ampeln... Das vertrage ich so früh am Tag noch nicht! Auf der Kippe, am Dorfausgang ist ein Wald aus Lärchen. Der ist tiefschwarz! Da kommt kein Lichtschein durch. Ich fühle mich wie ein Zombie! Ich bin müde. Meine Augen haben noch nicht wirklich Lust zu gucken! Ja! Den kleinen Fuchs hab ich gesehen. Den überfahre ich nicht. Die Katze auch! Ich fahr in Richtung Tankstelle. Da steht wenigstens ab und zu der Fotograf! Da müsste ich mich auch mal beschweren! Scheiß Fotos! Sündhaft teuer, unscharf und nicht mal auf richtigem Fotopapier... Die kannste zu nichts gebrauchen! Zwanzig Minuten später erreiche ich die A38. Dort leuchtet der Horizont rot-gold. Der traumhafte Anblick entschädigt mich für das frühe Aufstehen. Schade, es ist furztrocken. Mit Luftfeuchtigkeit wäre es noch schöner... Fünf Minuten später bin ich auf der A14. Dort hängen die Reste der Nacht als graue Bedrohung. Ich beeile mich besser. Ich will nicht davon eingefangen werden! He! Das konnten nur die Reste der Nacht sein. Von Regen war keine Rede! Es soll auch wieder NOCH wärmer werden. Die zweite Hitze-Welle! Nächste Woche haben wir Spätschicht. Boah! Wie mir davor graust! Es wird uns volles Rohr erwischen!

***

Es erwischt uns tatsächlich! Mittags fahr ich los bei 36 Grad im Schatten. Ich muss sogar die Klimaanlage einschalten! Ohne würde ich verdampfen... Das ist so gruselig!

Ich schlepp mich über den großen Parkplatz und guckst du... Da läuft Katharina. Sie schmunzelt, fragt, wie es mir geht... Hab ihr erzählt, dass ich inzwischen schon wieder beim Doc war. Sie meinte nur: „Wieso wundert mich das nicht?" (?) Keine Ahnung! Egal!

Die Hitze macht mich gerade zu aggressiv! Gestern hab ich meine große Tasche mit den Klamotten für die Woche rein geschleppt. Heute hab ich Käffchen mit. Hinter mir heizt ein Typ mit seiner Zwieback-Säge durch den Schotter! Räng dededäng, räng däng däng dededäng... Der nervt mich so elend! Wenn der nicht gleich Gas gibt, dann mach ich den Arm

lang und klatsche ihn ab! Hab mich nach ihm um-
gedreht und richtig böse geguckt! Ich glaube, der
hat das gecheckt! Als er auf meiner Höhe war, konnte die Eierfeile sogar ganz normal auf der Straße
fahren... Ich gucke trotzdem böse hinter her! Das
merk ich mir! Vielleicht...

Hitzewelle herrscht in ganz Europa! Bei den Franzo-
sen – über 40 Grad! Es ist sengend heiß! Kein Lüft-
chen, kein Regen, nichts... Wir braten in der Halle
im eigenen Saft! Ich hab nicht mal Bock die Kollegen
zu verarschen...

Der Kurze hängt zu Hause nur noch am Rechner!
Das ist doch nicht mehr normal! Nachrichten mag
ich auch nicht mehr hören! Jeden Tag wird einem
erzählt wo es brennt! Jeden Tag kommen Schreckensmeldungen... Wer die eigenen Kinder im Auto
lässt, wer seinen Hund im Auto eingesperrt hat, wo
die Glut-Hitze Schaden anrichtet! Klimawandel!
Selbstgemachte menschliche Fehler! Jetzt, wo die
Wirkungen eintreten, wollen viele das Klima retten!
Aber die Diskussionen kann ich nicht mehr hören!
Das Gequatsche ändert nichts! Ich sehe vor meinem
inneren Auge schon wieder die eingestaubten Politiker... (Buff... Pfffh... Dicke Wolke...) Ämter
werden an Leute verschoben, die keinen Schimmer
davon haben, was sie tun müssen... Ja klar! Die
Diesel sind schuld! Wo kommt denn der Strom für
die elektrischen her? Äh? Steckdosen? Nöö! Wir
diskutieren erst mal noch ein paar Monate... Oder
Jahre... Die Pension muss ja noch schnell gerettet

werden... Mich wundert Politik-Verdrossenheit überhaupt nicht! Aber, egal! Das Wochenende wird kurz und arbeitsreich. Ich hab die ganze Woche nichts gemacht und Arbeit wartet geduldig!

***

Wir bekommen einen neuen Nachbarn. Bei mir, gleich nebenan. Ich pflanze mich nach der Schicht erst mal zum runterfahren auf unsere Bank. Noch bevor ich Freund Blase zu den Hausaufgaben dränge. Ich will einen Sargnagel, zum Gedanken sortieren. Es ist so unglaublich heiß und trocken... Ich hab zu nichts Lust!

Auf der Wiese steht ein kleines Auto. Das glotze ich derweilen bisschen an... Das hat eine Macke in der Felge. Am Kotflügel auch... Uuups... Berliner Kennzeichen... Egal! Geht mich nix an! Ich war das nicht! Ich geh da mal eine Runde drum herum! Ist ja meine Wiese... Dann kommen die Leute, die zu dem Auto gehören. Na sicher quatsche ich die voll! Hallo! Das ist für mich völlig normal! Ich muss doch wissen mit wem ich es zu tun bekomme! Die Leute sind sehr freundlich. Die lassen sich auch nicht von meiner Neugier erschrecken. Ich will immer gleich alles wissen... Die Mama setzt sich ein bisschen neben mich auf die Bank. Der Junge steht vor uns, schmunzelnd... Die sind wirklich nett! Ich mag den

Dialekt. Und ich hab die beiden richtig ausgehorcht! Ich weiß jetzt, wo die in Berlin wohnen, wie alt sie sind, wo sie arbeiten und warum sie hier eine Wohnung haben... Alles! Vergiss es! Ich verrate es dir nicht! Da musste selber fragen! Ich hab eine geschlagene Stunde geopfert! Später kam Anne dazu. Die ist bei uns im Tagebau damals Mannschaftsauto gefahren. Die erwischt mich immer bei meinem Sargnagel... Wir quatschen öfters mal. Wir sind plötzlich in einem ganz anderen Thema versunken. Anne fährt schon seit Jahren Bus in der Kleinstadt. Spaß macht es nicht! Zumindest hätte ich dabei keinen! Den ganzen Tag nervige fremde Leute rumkutschen, die immer was zu meckern haben... Den ganzen Tag auf dem Alfons... Baustellen, die Beine, Rückenschmerzen, Stützkissen, Sport... Ich sag so: „Du machst echt freiwillig Sport?"
Und Anne schmunzelt: „Klar! Kraftsport! An den Geräten... Wenn du kaum noch stehen und laufen kannst, machst du so was!" Mein kleines Hirn denkt gleich wieder los! Aus! Kraftsport? Bin ich Herkules? Freiwillig? Ich kann zum Glück noch stehen und laufen! Am besten kann ich sitzen und liegen! Wir haben noch Hausaufgaben! Ich hab Durst! Ich verpiss mich. Ihr braucht mich nicht... Ihr versteht euch ja ganz gut... Und morgen ist auch noch ein Tag. (Ich und Sport? Nee!)

Sicher bin ich nach der Schicht wieder auf der Bank! Garfield liegt im Schatten. Der liegt breitbeinig und großzügig auf dem Kreuz und zeigt jedem, dass er nicht mehr kann... Boah... Dieser verlauste Pelz...

Aber die neuen Nachbarn mögen Garfield. Der hat sich seine Streicheleinheit vorhin schon geholt und entspannt jetzt. Digger liegt oben in einer ähnlichen Position. Ich hau mich weg! Männer... Klar quatsche ich unten! Unser Gärtner und Anne sind da. Die kann ich ja nicht einfach so stehen lassen... Meine neuen Nachbarn kamen später auch wieder dazu. Die waren einkaufen. Wir haben schön geschnackt. Über alles... So richtig, wie alte Dorf-Pomeranzen! Herrlich!

***

Die Hitze hält dieses Mal länger an! Es ist auch heißer, wie beim ersten Mal. Nach der Frühschicht steht meine kleine Gurke in der prallen Sonne. Dann denk ich so: Schade, dass der Parkplatz so riesig ist! Den kann man nicht überdachen... Was gäbe ich für einen überdachten Parkplatz... Oder wenigstens ein paar schattenspendende Bäume... Ich versuche mich immer hinter einem der Laternenmasten zu verstecken. Der macht genau so viel Schatten wie die Pappeln. Hat aber den Vorteil, dass er keine Blätter verliert, die während der Fahrt Geräusche machen... Der Kollege der neben mir parkt hat mit seinem Schlüssel direkt die Fenster aufgemacht. Das ist ja krass! Ich guck den voll bewundernd an und sage: „Kannste das noch mal machen? Bei meinem Auto?" Der grinst mich an! „Nöö! Bei dir geht das nicht!" Na toll! So ein Angeber... Ich hab ein bisschen Angst davor die Türen aufzureißen. Die Handschuhe liegen drin. Ich will mir doch die Finger nicht verbrennen... Zu Hause kann mein kleines Auto in der Garage stehen. Aber da ist es auch furchtbar warm drin. Nach der Schicht muss ich noch zum Einkaufsladen. Am Wochenende haben wir mal wieder ein paar Sachen vergessen, ist öfter so... Die Hitze lässt das Hirnwasser verdampfen!

Drei lange Wochen muss ich noch arbeiten. Ich hab für die letzte Ferienwoche und die erste Schulwoche Urlaub geplant. Und selbst die beiden Wochen hab ich schon mit Arbeit gefüllt...

Gott sei Dank vergeht die Zeit rasend schnell. Samstag hab ich Termin bei meiner Frisörin. Ich war schon über zwei Monate nicht da! Meine Matte hat überhaupt keine Farbe mehr! Mein erster freier Tag und ich stehe freiwillig sooo früh auf! Meine Augenringe drücken. Mein Hirn ist noch völlig verwirrt... Ich glaube, heute wird nicht mein Tag! Und meine Frisörin stürzt sich frohgelaunt in die Wolle... Die Matte reicht locker für Filzstiefel! Müsste nur jemand mit einer Schubkarre vorbei kommen...

***

Eigentlich hatten wir vor unsere Großen zu besuchen. Unser Enkelkind wird jetzt schon 3 Jahre alt.

Mein Mann hat aber einen neuen Auftrag und bekommt als Urlaubsvertretung nicht frei... Toll! Also
bleiben wir mal wieder zu Hause. Ich brauche ein
bisschen Entspannung. Alleine schaffe ich es nicht
die 500 km in den Norden zu fahren und nach ein
paar Tagen wieder zurück! Ich fühle mich eh schon
wie ein Zigeuner! Jeden Tag, immer und immer
wieder, kilometerweit, stundenlang nur unterwegs... Nächste Woche geht die Schule wieder los.
Wir haben noch nichts vorbereitet... Dafür nutzen
wir die ganze Woche! Der Vati hat Nachtschicht!
Leise sein müssen wir also auch! Das war so nicht
geplant! Super! Läuft bei uns!

Mutter hat auch einen Termin. Die geht total schief!
Die muss zum MRT. Da bring ich sie hin, kann ein
bisschen entspannt sitzen und die Leute belasten...
Die kennen mich ja nicht... Ich hau mich weg! Hab
meine Ruten lang gemacht, zieh sie wieder ein. Rut-
sche auf dem blöden Stuhl hin und her. Quake die
fremden Leute voll... Glotze den Bildschirm über
der Tür an... He! Jetzt kann man sogar Info-
Fernsehen im Krankenhaus gucken! Manche Sachen
sind wirklich interessant. Schreck-Sekunde! Kommen doch die Socken mit dem Knochendoc da drin
angelaufen... Dieses Mal nicht in den ollen Leder-
schlappen. Sandalen! Trotzdem! Hab ich wieder
gezuckt! Ich hab es aber geschafft zu grüßen... Und
mein kleines Hirn denkt so: Was macht der denn im
Krankenhaus? Ist der krank? Will er wieder zurück?
Egal! Geht mich nichts an...

Mutter bekommt bald ihr erstes Ersatzteil. Ein paar Fotos hier, ein paar Termine da... Der Überweisungszettel ist abgelaufen oder was auch immer... Am Tresen gab es eine ziemlich lange Diskussion. Ist das aufregend! Wir sind danach noch entspannt zum Einkaufsladen gefahren, wenn wir schon mal in der Stadt sind. Sie ist ein bisschen aufgeregt. Aber Öl haben wir nicht mitgenommen! „Und was machste, wenn du ein Montags-Produkt bekommst und es irgendwann anfängt zu quietschen! Du hast ganz schön Vertrauen zu fremden Leuten!"

Meine erste Urlaubs-Woche war extrem langweilig. Bei der Wärme hatte ich zu nichts Bock. Ich war die ganze Woche nur müde und unterwegs! Den Kurzen muss man auch direkt vom Rechner trennen. Der ist da quasi schon angewachsen... Jedes Mal, wenn ich sagte: „Komm wir müssen los!" hat der mich böse angeguckt und verflucht... Aber es sind ja seine Vorbereitungen aufs neue Schuljahr... Warum soll ich mich alleine bewegen?

***

Meine zweite Urlaubswoche ist auch nicht viel angenehmer! Der Kurze muss früh raus, mein Mann hat Spätschicht... Mir brummt der Balg. Ich bin müde. Mittags hole ich Freund Blase ab. Montags gibt's ja neues Material! Und ich hab es direkt satt, als ich die Schlange am Schreibwarenladen sah! Wir müssen doch die Bücher einschlagen lassen! Boah! Da stehen hundert Leute... Mindestens! Nachmittags, ich hatte es immer noch satt, klingelte mein Handy! Frau Hummel! „Hi! Warst du schon unterwegs?" „Nöö!" „Meine Freundin sagt, Bücher kannste auch im Nachbardorf... Im Blumenladen! Das geht schnell." Ich dachte so - hää? Bin zu dem Blumenladen gefahren und war total überrascht, was es da alles gab! Nach 15 Minuten waren wir fertig! Ich hatte mein erstes Erfolgserlebnis! Ich war beinahe glücklich, dass ich mal wieder was geschafft habe! Von selber wäre mir die Idee nicht gekommen! Dann, ich war schon wieder zu Hause, klingelte mein Handy wieder! Wieder Frau Hummel! Habe direkt den Vollzug gemeldet... Spricht sie grinsend: „Ja! Ja!" He! Ich höre, wie der andere am Telefon guckt!!! Sie meinte: „Du! Ich will was ganz anderes! Was machst du am 28. September?" Meine Augen rollen los... Nach meinem Hirn suchend... „Ich glaube, ich muss am Kalender gucken!" Spricht sie: „Guck in Ruhe! Wir sehen uns doch Mittwoch früh in der Schule!" „OK!"

Dienstag hat der Kurze seinen Solo-Tag in der Schule. Wir haben einen Termin bei der Psychologin. Nachmittags. Auf dem Weg dahin versuche ich ihn zum Kennzeichen-Spiel zu animieren. Das mach ich immer... Ich hab es ein bisschen ausgeweitet! Wir gucken, wo die Mühlen herkommen, wie sie aussehen und natürlich gucken wir auch die Fahrer an! Was du da alles geboten bekommst! In dem Moment sind die Spritpreise gerechtfertigt! Die kauen Fingernägel, graben sich Ohren und Nasen aus... Maaahlzeit! Diskutieren, wild gestikulierend, obwohl sie ohne Beifahrer sind... Manche sehen auch aus, wie es auf dem Kennzeichen steht... RUDI... WURM... HALLO... ABIER... Manche gähnen und wir denken dann: Gleich beißt er ins Lenkrad! Warte nur noch kurz! Gleich! Achtung! Jetzt... Wir schmeißen uns dann fast weg! Aber leider geschieht es doch nicht. Achtung! Noch ein Versuch! Verdammt... Daneben... In der Stadt macht es noch mehr Spaß! Wenn die Typen so auf dreiviertel neune sitzen und sich cool und beobachtet fühlen... „He! Ich hab eine geile Sonnenbrille! Ich bin heiß!" Und wenn du genauer hinguckst ist es ein angebrannter Pfannkuchen... Mit Marmeladenrest am Mund! Ekelhaft! Selbst die Fahrt zurück wird von lustigen Leuten umrahmt. Die Baustellen hab ich satt. Aber, wenn du was zu gucken bekommst ist es relativ ok.

Ich bin immer total genervt, wenn der Kurze keinen Bock auf Hausaufgaben hat. Bis der so in die Puschen kommt! Die wollen bis morgen gemacht sein und ich muss ihn animieren! Das Schuljahr hat gerade erst angefangen und der hat schon wieder so viel auf... Macht aber nichts. Diese Woche nehme ich mir die Zeit!

***

Mein Urlaub ist so unglaublich schnell vorbei... Ich hab mich NULL erholt!

Montag geht es mit Spätschicht los. Für mich beginnt die Woche beim Doc! Ok. Nee. Bei der neuen, jungen, kleinen Ärztin... Ich glaube, die ist noch jünger als meine Große... Egal! Ich bin fix und fertig. Keine Ahnung, warum mir seit Wochen das Gebälk so brummt... Aber ich will mutig sein. Kann ja nicht so lange dauern, bis unser Doc wieder da ist!

Hab mich angemeldet. Sitze im Wartezimmer und quatsche schön mit den Dorfkollegen neben mir. Das Telefon hat einen anderen Klingelton. Ich fand das vor drei Jahren noch entspannend, wenn die Musik anfing. Die Vorzimmerdame ist auch nicht mehr da! Mit ihr konnte man bei Bedarf schön schnacken. Jetzt sind junge Mädels am Tresen. Das ist mir ein bisschen unheimlich. Nichts ist mehr so, wie es mal war! Ich höre mir ein bisschen den Text an, der da am Telefon gesprochen wird und bin im Moment total erschrocken! Spricht doch das Mädel: „Nein! Der Herr Doktor kommt nur noch unregelmäßig in die Praxis!" Oh man!!! Jetzt ist er doch echt im Ruhestand! Jetzt macht er ernst mit uns! Was soll ich denn jetzt machen?

Nützt alles nichts! Ich werde aufgerufen und muss los! Ich konnte mich im Moment auch nicht erinnern, dass ich schon mal bei der gleichen Ärztin war. Sie erinnerte sich! Ich fragte: „War ich schon bei Ihnen?" „Ja! Mit dem Nacken..." Ich fing dann an, dass ich immer noch Nacken habe... Bla Bla

Bla... Ich hab es versucht... Sie guckte etwas bedrückt... Verstand ich nicht... Sie hat mir noch ein paar Tage Entspannung und andere Medis aufgeschrieben. Ich war immer noch völlig perplex, dass unser Doc nicht mehr zu uns kommt! Ich konnte es kaum fassen, was ich draußen gehört habe!

Ob die Kleine bei uns bleibt weiß ich nicht. Ob ich ihr wirklich vertrauen kann? Keine Ahnung! Ja! Sie ist sehr lieb. Ja! Sie hört auch zu! Aber, ob ICH das so schnell begreife... Sie meinte, ich soll ein MRT machen lassen... OK! Versteh ich nicht! Muss ich auch nicht! Ist nicht mein Job! Wenn sie das so sagt, hat es sicher einen Grund! Draußen war es mir immer noch total unheimlich! Hab später kurz mit meinem Meister telefoniert. Der muss ja planen! Dann ging die große Telefoniererei los! Wo bekomme ich schnell einen Termin für MRT? Bei uns im Krankenhaus? Nöö! Das dauert Wochen! Versteh ich nicht! Dort, wo ich schon mal war? Nöö! Das dauert Wochen! Versteh ich auch nicht! Dort, wo Keule wohnt... Da war ich schon am aufgeben. „Ja! Sie könnten am 19ten. Nachmittags..." What? „Ja? Ok! Dann bin ich da..."

Hab mit Frau Hummel gesprochen. Die gehört schließlich schon zur Familie! Sie hat MICH zum Ball am 28. September eingeladen! Ist das krass! Und ich habe kein Kleid! Hab ihr erzählt, dass unser Doc nicht mehr zu uns kommt... Dass ich Nacken hab und nicht schlafen kann... Meinte sie doch: „Meine Freundin hat auch so was ähnliches! Sie hat sich ein

„Nackenkissen" gekauft! So richtig im Möbelladen, mit ausmessen... Versuch das doch auch mal!" Und ich hab es versucht! Bin in den Möbelladen, hab mich vermessen lassen! Durfte auch gleich probeliegen... War wie Karussell fahren... Das neue Kissen hab ich zu Hause dann direkt ins Bett gepackt... Ok, die Bezüge durften erst eine Runde in die Waschmaschine. Aber ich hab es gleich ausprobiert. Die ersten Tage waren fürchterlich. Früh bringe ich den Kurzen in die Schule, quatsche so mit Frau Hummel und sie meinte: „Euer Doc ist krank! Eine Freundin hat ihn auf Station..." Na jetzt ist mir einiges klar! Er hat sich für uns aufgeopfert... Hoffentlich wird das bei ihm wieder! Das ist doch UNSER Doc! Der ist so lieb! Ich will gar nicht darüber nachdenken!

***

Ich hab tatsächlich 10 Tage gebraucht, um mich an mein neues Kissen zu gewöhnen! Ich kann zwar nicht wirklich schlafen, aber der Schmerz lässt nach! Zur Frühschicht-Woche bin ich zurück bei der Arbeit! Ich teile diese Woche in der Mitte. Wir haben einen Termin mit der freundlichen Frau vom Jugendamt! Unser Direktor ist auch krank... Na toll... Überall brennt es und ich Dödel schreie rum, weil ich Nacken habe! Wir haben den Plan fürs neue Schuljahr gemacht! Der Kurze hat schließlich Prüfungen vor sich... Ich glaube, unsere Entscheidung für diese Schule war genau die Richtige! Mit den Leuten kann man alles besprechen! Die sind voll dabei und machen sich sooo viele Gedanken! Man muss als Eltern nur dahinter stehen und mitziehen!

Mein Kalender sagt, dass ich am 28. noch keine Termine habe. Frau Hummel ist direkt verzückt… „Kommste mit? Bist du dabei?"
Aber, hast du schon Informationen über das wann und wo?" Sie hat wohl eine Anfrage bekommen, ob sie in Begleitung… Hau mich blau… Egal! Wir haben auf jeden Fall schon mal einen Plan gemacht!

***

Der 19. ist schnell ran! Mutter hat gestern ihr Ersatzteil bekommen. Wir haben Frühschicht und nachmittags hab ich MRT! Den ganzen Tag mach ich mir schon Gedanken, welche Beats mich dieses Mal verwirren sollen… Ob ich stark genug bin… Ob ich erzählen muss… Heute kann ich auf keinen Fall zu ihr… Ich gurke nach der Arbeit heim! Gebe dem Kurzen Anweisungen, was er machen muss, bis ich zurück bin… Ich bin total aufgeregt! Fahre los. Merke unterwegs, dass ich meine „Karte" vergessen habe… Kurbel zurück, erschrecke mein Kind… Fahre wieder los! Klar bin ich direkt vorbei gefahren… He! Keule wohnt in einer großen Stadt! Bei uns im Dorf gibt es nur vier Straßen! Sehr übersichtlich!

Und da findest du überall einen Parkplatz! Dort, wo ich hin muss, ist Baustelle... Alles zu! Aber, egal! Ich war pünktlich! Melde mich an. Warte! Gucke mir die Leute an! Quake die auch voll, wie ich das immer mache... Werde aufgerufen... Spricht der „Doc (?)": „Sie machen sich bitte frei, auch den BH! Aber T-Shirt dürfen Sie anbehalten." Ich denk so... Häää? Muss ich nochmal heim? Gucke wohl ein bisschen blöd und frage: „What? Die Hose auch?" „Ja! Da sind Metallknöpfe dran und der Reißverschluss!" „OK!" „Haben Sie ein Handtuch mit?" „Ja! Stand doch auch auf dem Zettel! Ich war aber schon duschen!" „NEE, damit decke ich sie zu, dass es nicht zu kalt wird!" „Upps! OK! Sie sind ja lieb... Aber machen Sie nicht so laut..." Ich bekomme wieder die volle Dröhnung Schulhof!! Man... Hat der nicht gesehen, wie müde ich bin! Nach 10 Minuten zieht er mir den Not-Aus-Schalter aus der Hand, holt er mich aus der Kälte-Schatulle...

„So! Fertig!" Na prima! Und dafür hab ich mich tagelang heiß gemacht! Nächste Woche hat unsere kleine Ärztin den Bericht dazu, hat er gesagt. Ich hab keine Zeit und überlege, wie ich mit der Situation umgehen soll... Bei Gelegenheit werde ich mir wohl eine Kopie holen und versuchen zu lesen. Vielleicht verstehe ich es ja...

***

Der 28. ist genauso schnell ran! Nach der Spät-schicht-Woche müssen wir zum Einkaufsladen! Boah! Wir stehen etwas früher auf... Der Kurze er-freut uns mit seiner Aufgabe zum Bäcker zu gehen! Seit den letzten Ferien macht er das fast freiwillig, weil er immer vor uns wach ist und sich dann nicht erklären muss, wenn er den Rechner schon an hat! Der braucht auch keinen Zettel mehr. Nee! Der spricht mit der Bäckerin! Jetzt hat er wohl mitge-schnitten, dass das nicht „die Hexe von Hänsel und Gretel" ist... Brit verkauft wirklich nur Brötchen und Kuchen und so... Auch, wenn hinten in der Backstube der große Backofen steht. Außerdem sind Hexen hässlich und bucklig. Das passt hier über-haupt nicht!

Ich hab heute Nachmittag was vor! Mein Mann wirkt ein bisschen säuerlich, weil er nicht in den Kalender geguckt hat! Ja, der hat das echt vergessen! Egal! Wir gönnen uns mittags Fastfood! Ich hab heu-te keine Lust auf Küche! Und dann ist es auch schon an der Zeit! Mir geht der Arsch auf Grundeis, weil ich nicht weiß, was mich erwartet. Wir nehmen noch einen Herrn mit. Den kenne ich nicht. Aber der ist sehr freundlich. Frau Hummel meinte: „Das ist Georg. Der Mann von meiner Freundin." Die Freundin kenne ich.„Na dann ist es ja gut..."

Wir sind rechtzeitig losgefahren und fast die ersten, die vor dem Objekt auf Einlass warten. Und mir ist schon wieder so mulmig. Der Herr ist gut gekleidet. Frau Hummel trägt ein Kleid und ich Dödel stehe da, in Jeans, wie immer… Neben uns stehen ein paar Damen, amüsiert wo rüber auch immer… In Abendkleidern, auf hohen Hacken… Man komm ich mir blöd vor! Wir werden eingelassen. Frau Hummel steht direkt auf der Gästeliste. Die Dame guckt mich an… Frau Hummel spricht: „Das ist Frau Langschuh. Meine Begleiterin." Oh mein Gott… Wir platzieren uns in der Nähe vom Buffet… Ja! Hallo! Wer zuerst kommt…

Eine Ansprache eröffnet den feierlichen Abend mit buntem Programm, moderiert von zwei schicken Leuten, die wohl eine leitende Funktion im Betrieb haben. Den Namen von der Frau hab ich schon mal gehört. Frau Hummel erklärt mir, wer das so alles ist. Ich glaube die kennt hier echt jeden der Anwesenden! Mir ist das ganze voll unheimlich! Im Programm eingebettet sind Auszeichnungen und Laudatio auf besonders erfolgreiche, gutherzige und beliebte Mitarbeiter. Bei der ersten hab ich schon wieder mit meinem Wasserkopf zu kämpfen. Das geht mir schon wieder so nahe… Ja! Es ist ein sehr emotionales Fest. Es ist ein Danke schön- Fest für die Mitarbeiter. Ich denke dann so: Waaahnsinn! Die kennen ihre Belegschaft! Das nenne ich mal Wertschätzung! Und genau so ein Wahnsinn ist, in welchen Bereichen und seit wie vielen Jahren das alles schon gemacht wird! Und ICH darf dieses Mal mit dabei sein! Ich bin total überwältigt. Nach etwa einer Stunde wurde das Buffet feierlich eröffnet. Ich trau mich da nicht wirklich hin. Ich hab ja für das Unternehmen nicht gearbeitet. Aber Frau Hummel gestattet keine Ausreden! OK... Es wurden lustige Programm-Einlagen von den Mitarbeitern geboten. Wir hatten richtig Spaß. Sogar die hübsche Moderatorin hat in einem Beitrag mit gesungen... Das war schön. Kennst du den Film „Sisters Act"? Ein paar Ideen waren wohl aus dem Film. Herrlich... Wir haben ein paar Bilder gemacht und einen Sketch als Video aufgenommen. Da lache ich heute noch drüber... Zwei Stunden Konzentration forderten dann aber auch mal eine Kippen-Auszeit! Ich muss mal raus! Klo! Sauerstoff! Zerstreuung... Stehe da so, mit meinem Sargnagel, spricht eine Frau in schicker Robe: „Ich kenne Sie doch!" Ich gucke etwas verwirrt. „Echt Jetzt?" „Ja! Sie sind doch immer vor der Schule! Sie haben mir mal eine gefeuert..." He! Bitte! Keine falschen Gedanken! Ich hatte nur das funktionstüchtige Feuerzeug als Raucher! Aber an die Frau konnte ich mich überhaupt nicht erinnern! Naja, wenn sie das meint, ist es eben so! Nach ein paar Minuten bin ich wieder rein. Hab mir das Programm noch weiter angesehen. Die Leute sind richtig kreativ! Denk an nichts weiter und bin total erstaunt, als der Chef von Frau Hummel plötzlich die Bühne betritt! Mit Rasta-Friese, Gitarre im Anschlag, gekleidet wie ein... Naja... Hab ich gejubelt, als der sich vorstellte!

„Hallo, Guten Abend! Ich bin der neue Erzieher..." Steckt sich vor versammelter Mannschaft eine Kippe an! Fängt an, vom Erzieher-Job zu sprechen... Und dann haut er in die Saiten! Eine Ladys-Riege ist sein Chor... Ich hab so gefeiert! Genau so stelle ich mir unsere Jugend im Berufs-Alltag vor! Weinerliche Weicheier, ohne Durchsetzungsvermögen gegen anti-autoritär erziehende Eltern, in einer arroganten Welt ohne Respekt vor dem Gegenüber! Selbst jetzt, Wochen nach dem Fest, habe ich die Bilder noch im Hirn und feier mir einen ab!

Der Abend war wirklich bemerkenswert. Sowas hab ich noch nie erlebt! Gegen halb zehn haben wir uns auf den Rückweg gemacht. Wir haben noch eine ganze Weile darüber gesprochen, wie gelungen das Fest war. Frau Hummel und der feine Herr haben viele Freunde getroffen... Es gab unglaublich leckeres Essen und die Auszeichnungen... und das Programm und... OH! Wir sind ja schon auf der Autobahn! Ich will heute eigentlich fahren, wie sonst immer, nach der Schicht! Aber Frau Hummel meinte: „Bist du schon mal über die neue Anschluss-Stelle gefahren? Dann bist du in 5 Minuten in der Kleinstadt! Auf den Blitzer musste auch nicht achten..." „Äh... Nöö! Aber wir können es ja mal ausprobieren." Das ist sonst nicht ganz meine Richtung. Ich fahre heimwärts immer um meinen alten Tagebau. Ich muss nie bis zur Kleinstadt. Und wir waren tatsächlich ruckzuck da...

***

Oktober 2019

Und schwupps ist schon wieder ein Oktober vorbei! Ein ganzes Jahr! Einfach vorbei! Ja, ich habe für jede Jahreszeit ein Foto gemacht. Das war mein Plan...

Es ist auch wieder Stadtfest und dieses Jahr zudem noch Ernte-Dank-Fest in der Kleinstadt. Klar sind wir dabei! Geht direkt am Donnerstag los! Zu Hause hält uns eh nix! Unser Telefon ist tot! Kein Internetz für den Kurzen... Dumm gelaufen!

Ich hab quasi eine aufregende, kurze Frühschicht-Woche hinter mir!

Montag kam ich heim und der Kurze spricht zu mir! He! Der spricht nur mit mir, wenn er nicht klar kommt! Heute war so ein Tag!

„Mutti! Wir haben kein Internetz! Und der Stecker macht komische Geräusche..." „Aha!" „Ich hab den Stecker schon gezogen und wieder reingesteckt! Geht nicht!" „Aha!" „Ich glaube unser Router ist im Ar..." „Aha!" Ich hatte noch nicht mal Zeit meinen Rucksack in die Ecke zu schmeißen! „Und was erwartest du jetzt von mir? Soll ich den Finger reinstecken und dann geht das wieder?" Mein armes Kind hat aus Verzweiflung schon den Ranzen für morgen gepackt! Hab ihn gefragt, wie es mit Hausaufgaben aussieht... „Die sind doch schon fertig!" Das fand ich total krass! „Du hast trotzdem Pech! Ich muss nämlich noch zur Oma in die Reha fahren! Kannst ja mitkommen!" Und fupp, saß er auf dem Sofa und glotzte fern. Hab den kaputten Stromanschluss eingepackt, bin zur Oma gefahren und danach direkt zum Telefon-Laden. Ich war durchaus ein bisschen genervt!

Im Laden waren zwei Verkäufer am Werk. Ein Mädel stand noch da. Die hatte auch so rosa Schuhe an. Ich hab die eine ganze Weile angeglotzt. Die hat nur gelächelt. Nichts gesagt oder getan! Das hab ich dann gemacht: „Arbeitest du hier oder bist du nur die Dekoration?" „Oh, ich darf noch nicht alleine..."

Upps! Genau mein Napf! „Entschuldigung! Der Chef hätte aber auch mal Lehrling dran schreiben können!" Nun ja, ich bin das ja schon irgendwie gewohnt... Irgendwann hatte der eine Herr dann ein Öhrchen für mein Anliegen. Ich hab ihm die Worte vom Kurzen gedrückt. Der guckte sehr überzeugt, dass ich was an der Waffel hab! Und ich dachte nur so: Dafür hasse ich dich! Das ist MEIN Apfel! Alter! Du hast das gelernt! Was weiß denn ich, was eure Drähte machen... Kümmer dich, dass mein Kind wieder zocken kann! Der wollte mir doch partout kein neues Stromkabel geben! „Wir könnten den Router tauschen! Ihrer ist ja wohl schon etwas älter!" Und ich dachte wieder so: He, du Birne! Seit wann sind 8jährige zu alt! Ich bin älter! Bekomme trotzdem keine Rente! „Nöö! Ich brauch doch nur ein neues Stromkabel! Bis jetzt funktionierte das Teil ganz gut!" „Nee, wir müssen den schon tauschen! Heute sind die Leitungen doch viel schneller..." Versteh ich wieder mal nicht! Muss ich auch nicht! Ist ja sein Job! Hab dann doch den „neuen" Router mitgenommen, angeschlossen und... Nix passiert! Verdammte Axt! Was hat der Typ mir da versucht einzureden? Das ist ja jetzt voll doof! Egal! Ich hab für den Käse keine Zeit! Morgen ist Frühschicht. Ich muss Abendessen machen. Hausaufgaben warten sicher auch noch... Von alleine macht der Kurze immer nur die Hälfte... Mein armes Kind muss dann mal geduldig sein bis ich Zeit habe! Sein Problem! Ich hab keine Ahnung von der Materie! Mein Bruder muss her! Der hat aber Spätschicht und erst am Donnerstag, am Feiertag, kurz Zeit! Ist jetzt aber auch egal! Wir haben uns so durch die Tage gequält... Donnerstag war mein Bruder da. Der wollte Muttern besuchen, in der Reha. Der hat sich „unser Dilemma" angesehen und sagt: „Der Typ hat euch ein kaputtes Gerät mitgegeben! Das kannste zurück bringen! Sag Bescheid, wenn der Späne macht..." Schöner Mist! Aber irgendwie passt es zu mir! Freitag war ich wieder im Laden! Hab dem Verkäufer dieses Mal die Worte von meinem Bruder gedrückt... (Alter! Du musst mich nicht verarschen! Ich bin kein Blitzmerker, aber den arroganten Gesichtsausdruck kenne ich! Sowas macht mich etwas aggro!)Der versuchte mit mir hin und her zu diskutieren! „He! Hör auf! Du hast wohl keine Frau zu Hause?" Kurz und bündig hab ich ihm nochmal klar gemacht was ICH WILL! Was soll ich sagen... Dann ging`s! Hab das (dieses Mal wirklich) neue Teil zu Hause angeschlossen und ... Nix passiert! Verdammte Axt! Das muss an der Leitung liegen! Nachmittags hab ich mich mit meiner bayrischen

Freundin verabredet. Schon vor ein paar Wochen! Hab mich mit ihr kurzgeschlossen, übers Handy... Auf die altmodische Weise... Wir wollten zu unserem Lieblings-Italiener auf ein Eis und so... Bin vorher wieder zum Shop... „Du musst mal einen Techniker da ran lassen! He! Von alleine macht ja wohl der alte Stecker auch keine Geräusche! Da ist was kaputt!" Ich kann es nicht leiden, wenn mir was gegen den Strich läuft! Der hat sich drum gekümmert... Ich hab ihn quasi gezwungen! Ist mir doch egal! Das sind ja nicht meine Drähte...

Meine Freundin kam wie immer pünktlich zum Treffpunkt. Hab ich mich gefreut! Wir haben beim Italiener direkt mit einem Prosecco angefangen! Danach das leckerste Eis und einen Cappuccino... In der Stadtkirche wurden die Ernte-Kronen und Kränze zur Wahl der Schönsten ausgestellt. Wir haben uns alles angesehen. Haben auch mit gewählt, was uns am besten gefallen hat. Von der Kirche aus sind wir zu einem kleinen Spaziergang durch die Stadt aufgebrochen. Dieses Jahr ist ein bisschen mehr los als sonst. Und der Hammer dieses Jahr... Es gibt ein richtiges Riesenrad! Statt der Hirnschleuder stand eine Wickinger-Schiffs-Schaukel auf dem großen Parkplatz. Wir haben uns zum Riesenrad bewegt. Da sind wir drauf! Wir konnten so herrlich weit ins Land gucken! Klar! Leipziger Tieflandbucht – Da ist alles platt... Aber das ist so schön! Später hat es ein paar Tropfen gepieselt. Wir waren gerade runter... Hat ja super geklappt! In vier Wochen fliegt meine Freundin zu ihrer Tochter. Wir haben ein bisschen darüber geschnackt. Die Tochter lebt in Amerika. Das ist für mich so unendlich weit... Ich bin froh, dass unsere Großen nur Richtung Hamburg gezogen sind... Das erreicht man noch!

***

Auf den Techniker mussten wir über eine Woche warten! Ich hatte Spätschicht. Montag war zwar schon ein Termin, aber den hat er nicht geschafft... Ich bin froh, dass ich kein Pflegefall bin und der Techniker nicht mein Pfleger ist! An der Stelle wäre ich tot! Ja! Ich bin vielleicht ein Pflegefall... Aber anders! Dienstag war ich beim Doc in der Praxis. Hab mir den MRT-Bericht geholt. Und da stand wieder nur Baaahnhof drin! Nur lateinische Wörter! Die machten mein kleines Hirn wieder völlig weich! Können Ärzte kein normales deutsch? Ich hab kein Internetz! Noch nicht wieder! Wer übersetzt mir das denn jetzt? Ich hab keine Zeit mich zwischen die verschnieften, kranken Leute zu setzen! Ich hab Termine und muss arbeiten... Egal... Der Zettel in der Hand beruhigt mich erst mal! Ich geh mal bei unserem Doc im Betrieb vorbei! Von der Krankenkasse hatte ich eine Einladung zum Sport... Da stand was von drei Jahren... Ich bin doch kein Sportler! Das muss er mir erklären! Und wenn ich einmal da bin, kann er auch gleich noch... Mal sehen... Bin auch zum terminieren in unserem Med-Punkt. Unser Doc ist ziemlich ausgebucht! Ich muss über eine Woche auf einen Termin warten! Der scheint ganz schön wichtig zu sein... Naja, der ist da auch der Chef. Ich glaube, die haben eh immer viel zu tun! Aber unser Doc meinte ich darf jeder Zeit rumkommen... So mach ich das dann auch!

***

Seit Samstag läuft`s bei uns wieder! Gott sei Dank! Wir kamen uns schon ein bisschen behindert vor! So ganz ohne Anschluss an die Welt! Hausaufgaben, ohne Internet... Einfach nur nervig... Keine lustigen Bilder, keine Freunde, keine Zockerei... Ich hab erst mal mein Postfach gecheckt. Nach zwei Wochen war da so viel drin! Jede Menge Spam und auch richtige Nachrichten, auf die ich jetzt aber auch nicht mehr antworten brauch... Von der Reporterin, die neulich in der Schule war, hab ich Post, auf die ich noch reagieren muss. Ich hab mich richtig gefreut von ihr zu lesen. Mein Kind und seine Frau Hummel sind echte Presse-Originale. Der Artikel war in drei Zeitungen gedruckt... Und im Netz... Ich bin so stolz auf die beiden! Der Bericht ist ziemlich lang. Mit Foto. Den hat sie echt gut geschrieben. Sie fragte, ob ICH damit einverstanden bin. Klar. Wir haben die Frau beim Ball getroffen. Da hab ich es ihr so schon mal im Vorab gesagt. Jetzt, nachdem ich ihn fertig gelesen hab, erst recht. Das ist fast wie ein Lob.

***

Abschluss!

Ich ziehe jetzt für mich einen Schluss-Strich! Nichts hat sich verändert und die Schreiberei verbraucht meine ganze Freizeit...

Der Kurze hat schon wieder Ferien! Unser Internetz läuft... Zwei Wochen! Ohne Netz... Nicht auszudenken! Was haben wir nur all die Jahre zuvor gemacht, als wir noch gar nicht drin waren... *

Mutter ist wieder zu Hause aus der Reha. Sie hat sich erholt, Tipps und Anleitungen bekommen. Sie fährt jetzt auch ihren Rollator spazieren. Das Ding hat sie vor drei Jahren mal zu Weihnachten bekommen. Sollte ein Gag sein... Jetzt hat er einen Sinn!

Mein Mann hat Urlaub. Ich noch nicht. Ich muss noch eine Woche warten. Meinen Urlaub hab ich mit Terminen voll, damit keine Langeweile aufkommt! Wir wollten eigentlich in den Norden fahren, zu den Kindern! Aber bei meinem Mann war es mal wieder total unsicher... So musste ich die anstehenden Termine auf meine Woche verlegen!

Wir haben im Dorf eine neue Baustelle! Da wird eine neue Wasserleitung gelegt, für ein größeres Bauprojekt!

Yeah! Endlich hat mal wieder einer eine Leitung gekappt! Dieses Mal die Telefon-Leitung! Die Ferien waren zum Glück vorbei! Meine Nachbarin hat mir erzählt, dass sie keinen Anschluss hat... Ich hab meine Schulkollegin angesimst. Die schrieb, dass sie die Störung schon gemeldet hat, aber der Anbieter länger braucht zur Behebung! Ich dachte schon wieder, ich hätte was an der Waffel! Alter! Wir Dorfmenschen sind wirklich nichts wert in dieser Gesellschaft!

Am kommenden Wochenende ist wieder Schlachtfest. Herrlich! Ich hab frei! Scheiß auf das Telefon! Wenn wir uns im Vereins-Haus treffen ist es total egal! Dorfmenschen sind lustig, einfallsreich und für jeden Spaß zu haben! Wir brauchen weder Telefon noch Hollywood! Wir machen das selber!

Na sicher denken wir auch wieder an unsere Kinder im Heim! Hallo! Unseren eigenen, zu Hause, geht es besser als diesen... Die große Sparbüchse für unsere Sammlung steht seit drei Wochen. Wir machen wieder das Programm zum Stuhl-Stelle-Tag. Dieses Jahr wünschen sich die Kinder eine Zaubershow und China-Nudeln. Selbstverständlich bekommen sie das auch! Der Ron hat einen Zauberer organisiert. Wir kümmern uns noch um die Nudeln... Für uns ist es eine Ehre und die Kollegen sind großzügig und unterstützen uns dabei.

Schreiben werde ich erst wieder, wenn ich in Rente geh... Oder einen Freizeitblock habe... Oder, wenn mir wieder etwas Aufregendes passiert! Haltet schön die Ohren steif und macht nichts, was mir peinlich werden könnte! Aber, mir werden nur wenige Dinge peinlich! Also! Haut rein! Lasst krachen!

Zeitfracht Medien GmbH
Ferdinand-Jühlke-Straße 7
99095 Erfurt, Deutschland
produktsicherheit@kolibri360.de